JN012258

街に躍《は》ねる

Machi ni haneru

Kawakami Sato

川上佐都

ポプラ社

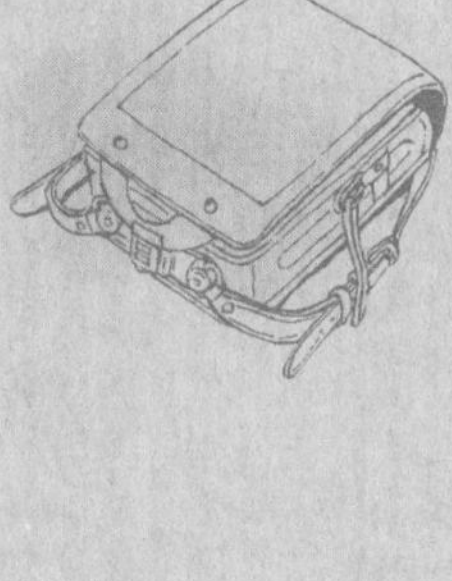

街に躍《は》ねる

装画　高松美咲

装丁　岡本歌織（next door design）

目次

第一章　兄弟であるための話

左手に書かれた「国語びん」に気づいたとき、ぼくは商店街を走っていた。

一瞬スピードをゆるめたが、家に戻るほどの時間もない。それにいまのところ、一度も信号に引っかかることなくここまで来ているのに、走りを止めるのはとてももったいない。ぼくはいま、稲荷《いなり》通りマラソンの新記録を狙っているのだ。稲荷通りマラソンとは、いま走っているこの「稲荷通り商店街」をルートとする、ぼくの家から学校までのマラソンだ。マラソンと言ってもたった二キロくらいなのだが、参加者はぼくだけなので、なんて呼ぼうが勝手である。家から三つの信号をクリアすると稲荷通り以降信号はないので、かなりの好記録が狙える。

タイムを確認しようと左手を見たとき、「国語びん」に気づいた。親指と人差し指の間の水かきみたいな部分に赤い水性ペンで書いた「国語びん」は、薄くなってはいるけれど、しっかりと皮膚にしみこんでにじんでいる。つぎの授業で必ず使うと言われた国語便覧、兄ちゃんが読むだろうと家に置きっぱなしにしている国語便覧を、ぼくはぜったいに忘れないようにとペンで書いたのだ。「手にペンで文字をかくと、癌になるらしいよ」という不吉な噂を聞いていたが、心を鬼にして書いた。文字が消えないように、昨日のお風呂ではそこだけ避けて洗い、湯船にも左手だけはいれなかった。忘れたとなると、残っている文字をみるだけで腹が立ってくる。めんどくさがって「びん」でやめずに「びんらん」まで書くべきだった。

ランドセルがズシャズシャと重たく鳴る。いくら国語便覧を忘れたところで、ぼくのランドセルには教科書三冊にノート三冊、算数の問題集、理科の資料集と実験ファイル、とすでに九冊入っている。きょうは国語、理科、算数、算数、という地獄の時間割なのだ。時間割プリントが配られたときは、さすがにプリントのミスなのかと思った。ぼくは数多くある授業の中で国語と理科と算数だけが嫌いなのだ。だから少なくとも四時間目まである一日の授業の中に、ひとつはすきな教科が入る計算だった。

プリントを見たとき、ぼくはギリギリまで先生に間違いがあることを指摘しようかと迷った。プリントミスを発見すると、その瞬間だけ先生より頭がいい存在になれる。それはとっても気持ちのいい瞬間である。しかし先生はプリントに書いてある時間割と同じものをわざわざ黒板にかいて、

「半年後には六年生になるみなさんに、たくさん勉強してもらおうと思う」と怒っているみたいな表情で言った。ぼくは指摘しなくて良かったと安心すると同時に、ひとつも面白くない時間割にため息をついた。周りを見回したが、この算数二連続に気づいている人はいなかった。ぼくはバレないように先生をちらちらと睨んだ。先生は勉強しなくていいから、そんな簡単につまらない時間割を作れるんだ。

前から風が吹いて、朝のにおいがした。ぼくはしかたなく「びん」のことは考えないことにして、このにおいに触れた。朝のにおいは、とうめいだ。でもそこにしっかり「朝のにおい」というものがある。ぼくはこのにおいが好きだ。敷いたばかりの布団のようにぱりっとしていて、まだ誰にもなじんでいない。もっと多く触れるために両手を広げて走る。稲荷通りのお店はほとんどが九時オープンなので、まだ人通りが少ない。それにこの時間の商店街は、みんなが駅に向かって同じ方向に歩いているので走りやすい。

両手を広げるぼくに向かって、キャンキャンと犬がほえた。チワワだろうか。ぼくはあまり犬には興味がないが、寒くもないのに犬に服を着させるのには反対だ。きょうは秋にしては暖かい日なのに、モコモコのかぼちゃのような服を着ている。飼い主のおばちゃんが「ミーちゃん、こら」とチワワに向かって言った。きっとミーちゃんはぼくが気持ちよさそうに走っているのをうらやましく思っているのだろう。暑いことも伝えられないなんて、かわいそうだ。

前に同じクラスのシンジュが見える。いつも石を蹴りながら、石の飛ぶ方向に左右ぎざぎざに歩くので、遠くからでもよくわかる。

「よ」と言ってぼくはシンジュを走ってぬきさる。

「お」

シンジュは蹴っていた石をパスするようにぼくの走る方向に飛ばした。ちょうどぼくの数歩先にその石は飛んできた。しかしぼくはいま、こう見えて家から学校までの記録を狙っているのだ。国語便覧も犠牲にして。だから石を蹴っている場合じゃない。ぼくはシンジュの石をあからさまに避けて、そのまま走りつづけた。シンジュには悪いけど、あとで説明すればいいや。

校門につくと同時に、腕時計のストップウォッチを止めると、8分29秒だった。新記録だ。国語便覧と石を無視したかいがある。

「あれ、晶《あき》」

校門で待っているとシンジュがやってきた。ぼくが無視した石を手に持っていて、校門の横に隠すように置いた。

「新記録でた」

ぼくは腕時計をシンジュにみせる。

「だから石よけたのかあ」シンジュは腕時計にぐっと顔をよせて言った。

「あ、ごめん。パスしたよね」

「そうだよ、見失うとこだった。けっこういい石なんだぜ、あれ」シンジュは、手でキツネをつくって、そいつに言わせた。

「ごめんよ」ぼくも両手でカエルをつくってあやまった。カエルをつくるまでに少し時間がかかって、シンジュは笑った。ぼくも一緒に笑ったけれど、石をよけるだけでなくて、振り返ってぺこりとでもすればよかったなと、さっきのことを反省した。

「晶、きょうも帰り、闘って帰ろうぜ」

「いいよ、でもきょう、荷物重いね」ズシャ、とぼくはランドセルを鳴らして言う。

「おれね、教科書ぜんぶ学校に置いてってる」

「え、隠すとこある？　先生すぐチェックするじゃん」

「まずお道具箱の下だろ、あとロッカーの給食袋の中と、体操着袋の中」

教室に着くと、シンジュは「ほら」と隠していた教科書を見せてくれた。丸まった教科書が給食袋と体操着袋から一冊ずつでてきた。

「すげえ」

シンジュは丸まるのを利用して教科書を机に立てて授業を受けていた。見にくそうではあったが、そのぶん机を広く使えている。ぼくもとなりの人に見せてもらっている国語便覧のはじを持ち上げて重さを量りながら、つぎからは学校に置いていこうかと考える。ぼくたちの教科書でいちばん分厚い国語便覧は四年生のときに配られたもので、「六年生まで使うからなくさないように」と言われている。三年分つまっているだけあって、とても重い。きょうの新記録は国語便覧を忘れたおかげも少しあるのかもしれない。

「なに、裏みたいの？」

となりの席の権《ごん》ちゃんがひそひそと言う。

「あ、ごめん、大丈夫」

「坪内《つぼうち》くんが忘れ物なんて、めずらしいね」

「そうかな」

「うん。てゆか便覧、持って帰ってんの？」

「え、権ちゃんも置いてってるの？」

「当たり前じゃん」

「そうなの」

権ちゃんは「当たり前」を使うのが好きだ。給食でぼくの苦手な牛乳プリンがでたとき、「食べる？」とたずねると「当たり前じゃん」と言って二口で食べたし、ぼくが女子の中で流行っている交換日記のメンバーに無理やり入れさせられたときは、「一日で次の人に回すのが、当たり前だから」とぼくに注意した。結局交換日記をぼくは三日かけて回し、次のターンでは回すこともできずにどこかになくしてしまった。

「でも毎回便覧持って帰るなんて、お勉強、すきなのね」

権ちゃんは貴族みたいな口調でそう言った。

「まあね」

ぼくは権ちゃんの「お勉強」という言い方が少し気になったし、お勉強など好きでもなんでもないが、それについては何も言わなかった。相手につっかかっても争いが生まれるだけだと、兄ちゃんに教えてもらったからだ。

とは言いつつぼくの兄ちゃんは無口すぎると思う。ぼくに対してはぺらぺらしゃべるのだが、たとえばママに対してはほとんど何も言わないし、大家さんに会ったときなんてぶっきらぼうすぎて睨まれていた。ぼくに人との関わり方を教えるくらいなのだから、頭ではいろいろわかっているはずなのに、どうして実行しないのかはわからない。でも代わりにぼくの兄ちゃんは物知りで、とても絵がうまい。ぼくは兄ちゃんの知識も絵も好きで、国語便覧を持って帰っているのもそれが関係している。

「北原白秋《きたはらはくしゅう》っていうのはいい名前だよな」

おとといかその前の日、暇つぶしにぼくの国語便覧をみていた兄ちゃんが、北原さんらしき人の絵を描きながら言った。

「その人、きいたことある」

「たぶん授業でやったんだろ」

「なんの人?」

「あめんぼ　あかいな　あいうえおの人」

「はあん」

ぼくは続きを言おうとしたが出てこなかった。なんとかなんとか、かきくけこ、の人。

「うきもに　こえびも　およいでる」兄ちゃんがそう言ったが、ぼくは何を言っているかわからなくて無視した。

「なんでいい名前なの?」

「白秋って名前は、五行思想からとってるんだろ」

「なにそれ」

「中国の昔の思想」

「どんな思想?」

「それは自分で調べろ」

「ええ、わかんないよ、ぼく」

「占いみたいなやつだよ。そうじゃなくて俺が言いたいのは、芥川龍之介の龍之介とは違って、白秋のプライベートを知らなくても、五行思想から名前つけたんだろうなーって予想できるだろ?」

「できないよ、ぼく五行わかんないから」

「白と秋がでてくるんだよ」

「ふうん。でも、龍之介はかっこいいからつけたんじゃない?」

「まあ、そうかもな」

「夏目漱石は、石がすきなのかも。ぼくも結晶の晶だから、気持ちわかる」

「そうだな。じゃあ、白秋のよさは忘れてくれ」

「ごめんごめん、調べるよ」

パソコンで意味を調べても、兄ちゃんが言っていることはよくわからなかった。はてなをたくさん連れて兄ちゃんの部屋に戻ると、兄ちゃんは白秋らしき人のとなりに絵を描いて説明してくれた。ぼくはなんとなくだけど、方角の西や、色の白、季節の秋が同じグループに属しているのが五行思想、というところまでわかった。ちゃんとわかったことは、方角にそれぞれ神様がいて、西の神様は白虎だということだ。

白虎はかっこよかった。東の神様の青龍もかっこよかったが、白虎はもっとかっこいい。東西南北の神様の中でいちばん強そうだし、強さの中に謙虚さがあるというか、むやみに闘いをしなさそうな雰囲気さえある。第一、ホワイトタイガーはぼくのいちばん好きな動物だ。このグループからとった白秋は、たしかにいい名前ということになる。ぼくは便覧の北原白秋のページに折り目をつけた。ぼくがいまほかに折り目をつけていたのは、ほんとうに小さく「坪内逍遥《つぼうちしょうよう》」と書かれたページだけだった。これは家族以外の「坪内」を発見した興奮でつい折ってしまっただけなので、国語便覧の内容に興味をもってつけた折り目は、今回がはじめてだった。

その翌日、兄ちゃんの絵を見せながら、東西南北に神が存在することをシンジュに説明した。ぼくは白虎にある模様みたいに、黒い三本のラインが入った服を選んで着ていた。シンジュは青龍のほうが強いと言って、それから西の神様と東の神様で闘いながら下校するのがぼくたちの流行りになった。空中戦では青龍が勝ったが（白虎は電気をためないと飛べない性質なので、長期戦になると落ちてしまう）、地上戦は白虎の圧勝で（青龍は地上を移動するスピードがとても遅いのだ）、いま一勝一敗だ。

久々に国語便覧を使った授業の後、ぼくたちは約束通り闘いながら帰った。ぼくは少しでも荷物を軽くするため、持ってきたノート三冊をお道具箱の下に置いていった。今回は地上戦だけど青龍が勝った。たぶん次は空中戦でもぼくに勝たせてくれるのだろう。闘い終わるとシンジュはお腹がすいたと言って商店街にあるお菓子屋に入った。ぼくはつられてお菓子を買わないように、ポケットに手をつっこんで店に入った。

＊

「いまね、オカみちに寄ってきたんだけど」

学校から帰るとすぐ、兄ちゃんの部屋に入るのはぼくのルーティンだ。机にむかってスケッチブックに絵を描く兄ちゃんは、ぼくが話しかけてはじめてぼくの存在に気づいたようだった。

スケッチブックは、ボールペンや鉛筆でいろんな絵がページいっぱいに描かれていて、少し顔を離すと絨毯の模様のように複雑なひとつの記号にみえる。昼は日に日に短くなっているけれど、まだ窓からはあたたかい日が差していて、兄ちゃんの赤っぽい茶髪は光が当たるところだけ明るくなっていた。

「オカみち？」

「あれだよ。お菓子のみちしげ。稲荷通りのいちばん端っこにあるお菓子屋」

「俺らのときの略は、オカしげだった」

「それだと、おかしい、みたいじゃないか」

「だからそう呼んでた」

兄ちゃんはぼくと話しながら、空白のページを探しはじめた。パラパラと何枚もスケッチブックをめくる。たぶん新しく絵を描こうとしてるのだろう。いつもテキトーに開いたページで描きはじめる兄ちゃんのスケッチブックは、どこに空白があるか、すぐにはわからない。何枚もめくっているうちに、小さな風がおきた。その風でぼくの前髪は少し揺れ、鼻には油絵具と木の匂いが届く。

兄ちゃんは、本格的に絵を描いている。本格的というのは、プロとして仕事をしているというわけではなく、美術室にしかないような絵の道具を使って描いているということ。ほかにもぼくが持ってるHBや2B以外の鉛筆があって、しかもカッターで鉛筆を削るから机には厚みのあるカスが散らばっている。前にぼくは4Bの鉛筆を借りたことがあった。それを使って漢字の書きとりの宿題をしたら、右手の横のところが真っ黒になった。勉強したしるしが残ってとても満足だったが、ノートもかなり汚れてしまったので、それからは使ってない。

「なんにも買わないつもりだったんだけど、笛ラムネ買ったのね」

「うん」

「あ、そうだ兄ちゃん、ぼくの国語便覧もってる？」

「え？」

兄ちゃんはぼくのほうを見向きもせず、見つけたスペースにオカみちの絵を描きはじめた。

「この前五行のやつ教えてくれたとき、読んでたやつ」

「あー、あのへんかも」

兄ちゃんが指さした本棚に、ぼくの国語便覧は堂々とあった。草花の図鑑と「アンリ・ルソー」と書かれた本の間に挟まれて、かなり馴染んでいる。ぼくはとりあえず二センチくらい国語便覧を手前に出しておいた。

兄ちゃんの描くオカみちは、すぐに形になっていった。「駄菓子」の「駄」という大きな字と、「みちしげ」の文字、それから電話番号。ぼくがさっき見てきた看板そのものだ。稲荷通り商店街でいちばん古いと言われているオカみちは、看板の下に黄ばんだ日よけのテントがついていて、そっちには手書きで「みちしげ」と書かれている。ヘビみたいな下手な字だから、ぼくより年下の子どもが書いたのかと思っていたが、店主のてる子さんが自分で書いたらしい。

てる子さんは、なんでも自分で作ってしまう。お菓子の入れ物だって全部手作りの段ボールだし、値札もみんな手書きだ。値札には金額だけでなく、お菓子の特徴も書かれている。ぼくがさっき買った笛ラムネは「笛ラムネ　55円　鳴（な）ります」だ。

　兄ちゃんの絵には日よけテントの「みちしげ」もちゃんと描いてあった。兄ちゃんがスケッチブックに描く絵のほとんどは、図鑑にある写真や撮ってきた風景の写真、置物のデッサンだった。ぼくにはまったく区別がつかないけれど確実に名前があるだろう草や、ぼくが日光修学旅行のお土産であげた「見ざる」の置物も描かれている。ちなみに「言わざる」はママ、「聞かざる」は父ちゃんにあげた。もともと三個セットだったのをばらしてあげた。予算的にそうとしかできなかったのだ。見えるところに飾ってくれているのは兄ちゃんだけなのを考えると、全部兄ちゃんにあげればよかったと今では思う。

「それで、笛ラムネを買った話は？」

「ああ、買ったのはそれだけなんだけどね、お店を出ようとしたら、入口にいた知らないおじさんに、ランドセルのまま寄り道するんじゃない！　って怒られたんだ。急にだよ」

「まぁ、言いたいことはわかる」

「でも、校則でそんなこと書いてないし、あとてる子さんは怒ったこと、ないじゃん」

「そうなんだ」

「うん。言わない。でね、そのおじさん、カバンも持ってないのに、手ににんじんのお菓子だけ持ってたんだ。あるだろ、あの、にんじんの形でお米みたいなのが入ってるお菓子。ぼくはあんまり食べないんだけど。で、なんかそれがすごい怖くて、ぼく、シンジュと走って逃げた」

「ふうん」

兄ちゃんはそれだけ言った。もっと、「怖かったね」とか「散々だったね」という相づちがあればいいんだけど、兄ちゃんはそういうことを言わない。代わりにお店の横に、にんじんの絵を描いた。

「笛ラムネを買ったあとでよかったよ。おじさん、にんじん握りつぶしてたけど、買ったあとなのかなぁ。心配になってきた」

「にんじんのポン菓子を、茶碗にいれて食べたことはある?」

「ポン菓子?」

「その米みたいなお菓子を、ポン菓子と呼ぶ」

「ふうん。ないよ」

「あれは茶碗にいれて食べるとおいしいんだ」

「そうなの?」

「ときどきそれを、平たいお皿にしてピラフに見立ててもいい」

「へぇ」

「豪華に、スプーン使って食べるんだ。お惣菜をパックのまま食べるより、お皿に移してから食べるほうがおいしく思えるのと同じだ」

たしかにちょっと試してみる価値はあった。てる子さんの説明だと「にんじん　35円モソモソぽりぽり」だから全然おいしそうに思えないのだ。

「今度やってみる。あと、そうだ。きょう8分29秒だった」

ぼくは止めたままにした腕時計のストップウォッチを見せた。

「なに？」

「家から学校まで」

「ほお」

兄ちゃんは「はやい」とつぶやいてまた絵のつづきを描いた。満足したぼくはポケットにいれていた笛ラムネをくわえ、兄ちゃんの部屋を出た。ぷぅーと笛を吹く。ぼくが吹く笛の音はなんだかいつも鈍い。

「あー、またごはん食べられなくなる！」

忙しそうな音を立ててママが帰ってきた。笛ラムネのどこが腹の足しになるというのだろう。そもそもいつもそうやって怒られるから、オカみちでいちばんお腹にたまらないものを選んだのだ。

「あれ？　洗濯物干してない！　達《とおる》どこ？」

「部屋ー」

「達！　洗濯物は！」

　ママはキーキー言ってないのに、言っているみたいに聞こえる。たしかに今朝、ママは兄ちゃんに洗濯物を干すように頼んでいたが、干された形跡はない。んもう、なんでさあ、とぶつぶつ言いながらもママは録画していた朝ドラを再生しはじめた。ママは帰ってきてすぐ、十五分だけ朝ドラを観ながら休んで、それから夜ごはんを作る。いつも朝ドラが始まる前に仕事に出なきゃいけないママは、帰ってきてからのこの時間をいちばん楽しみにしていて、ぼくもこの十五分間はほとんど話しかけない。はあ、もう、いつも、とぶつぶつ言いながら、急いで沸かした白湯を片手に観ている。

　こういうふうにママが兄ちゃんに対して怒ることは、よくある。畳んだ洗濯物をいつまでたっても自分の部屋に持っていかないとか、お風呂が最後だったのに栓を抜いていないとか。ぼくはママが怒らないように、気づいたところは兄ちゃんの代わりにやってあげることもある。まあでも、完全に兄ちゃんが悪いのは確かだけど、毎回期待するママもちょっといけない、と思う。

「期待というものは、無責任で厚かましい」

これは前に兄ちゃんが言っていた言葉だ。ママが聞いたら大喧嘩になってしまうところだったけど、聞いていたのはぼくだけだった。というかぼくに向けて言ったのだ。ぼくの学校の遠足が、雨で行き先変更になったときだ。

遠足は、晴れればとなり街の動物園に行く予定だった。電車で四駅いったところにあるその動物園は大きな公園とつながっていて、春はお花見、秋は紅葉を見にいく場所としても有名だ。ぼくも一度、桜を見にいった記憶がある。だけど動物園にはこれまで一度も行ったことがなかった。理由はひとつ、ママが苦手だからだ。

ママは小さいとき、熱を出すと毎回ホワイトタイガーに追いかけられる夢を見ていたらしく、気づいたら動物全般が苦手になったらしい。全般といっても犬や猫は平気だという。「ペットショップにいる動物は大丈夫」と言った。ほかの動物はというと境目はかなり難しくて、鹿はギリOK、タヌキはギリNGらしい。そのギリのラインはママしか判断つかない。ぼくはいろいろと質問をしたが、牛はギリOK、キツネはギリNG、あとはほとんど大NGだった。

ぼくはママから話をきいてから、動物園に行きたいと口に出したことがなかった。となりの公園にお花見に行ったときだって、動物園に意識をもっていかれながらも、もくもくとおにぎりを食べた。それからトイレに行くと言って、少し遠回りして動物園の入口までいったけれど、キリンの首さえ遠目からでも見ることはできなかった。

遠足の行き先が動物園だと発表されたとき、その手があったか！　とぼくは歓喜した。ほんとうはサッカー選手がゴールを決めたときみたいに、両手の人差し指を天井に突き上げたいくらいの気持ちだったが止めておいた。ぼくは感謝の気持ちをこめて担任を見つめたけれど、担任はぼくの熱視線には気づかず、いつものつまらない授業のように淡々と詳細を説明していた。でもそのことがさらに、学校の授業で「仕方なく」動物園に行くように思わせてくれた。

ぼくは家に帰ると、給食のこんだて表と一緒に、遠足のプリントをテーブルにさり気なく置いた。一応こんだて表を上にして置いた。ママがこんだて表をめくったとき、ぼくはごくりとつばを飲み込んで見つめていたけれど、ママは「遠足か〜、お弁当ね〜」と言うだけだった。ぼくは安心して「うん」とだけ言った。それから毎日毎日パソコンで動物を調べた。もちろんリビングに誰もいないときに。ママが苦手としているホワイトタイガーだって、本当はとても美しい姿をしていた（ぼくはこれをきっかけに、ホワイトタイガーが大好きになった）。

それなのに、「雨」というただそれだけの理由で、動物園はあっけなく科学博物館に変わった。

ぼくは久々に長い時間、兄ちゃんの部屋でぶーたれていた。兄ちゃんはぼくの悲しみを知ってか知らずか、しばらく何も言わずに本を読んでいた。

かまってほしかったぼくは、小さい声でぶつぶつ悲しみの言葉をつぶやいた。「ホワイトタイガー」とか「ゴリラ」とか、見たかった動物の名前もつぶやいた。すると兄ちゃんは本を見ながら言ったのだった。「期待というものは、無責任で厚かましい」。

ぼくははじめ、怒られたのかなぐさめられたのかわからなかった。だけどだんだんと、兄ちゃんの言う「期待」は、ぼくが学校に対して、そして天気に対してしていることだとわかった。それから兄ちゃんはいつまでもぶーたれているぼくを軽く叱ったんだと思った。

ぼくはノートに兄ちゃんの言葉を書いた。少しだけ反省をこめて、ほとんどは、言葉がかっこいいから。ただぼくが、それから期待をしなくなったかと言われればそうではなくて、今日だって夜ごはんがお寿司になればいいと思っているし、明日の授業が急きょ動物園になればいいと思っている。まだ小学五年生だから、それはしかたない。まぁだからいろいろ言ったけど、ママが兄ちゃんに期待する気持ちもわかるということ。

ママは朝ドラに見入って静かになった。ぼくはベランダに出る。

また新しく笛ラムネをくわえ、ぷぅと控えめに吹く。ベランダによっかかって夕焼けを見ると、足元の落ち葉がカサカサ、シーと風に引きずられて、ぼくの前を行き来した。あまりいい音ではなかった。自分で踏んでさくっとする落ち葉の音は心地いいのに、同じ落ち葉で嫌な音も出るなんて不思議だ。ぼくは落ち葉を踏む音が好きだ。もしかすると、桜の花びらをキャッチしたときより、さくっを聞けたときのほうが嬉しいくらい。足元の落ち葉は、ぼくが踏もうとすると風に吹かれて上手くよけた。悔しくて落ち葉を追っかけていると、ベランダの下から声がきこえた。

下をのぞくと、制服を着た人たちがぼくのマンションの前を通っていった。持つとこだけが渋い赤色のバッグをみんな持っている。兄ちゃんの部屋の隅に置いてあるのと同じだ。ぼくはあわててその場にしゃがんだ。ベランダの隙間から、下をのぞく。制服を着た人たちは、一人が自転車をゆっくり漕いだりペダルを逆回転させたりして、あとの二人が歩くスピードにあわせて進んでいた。カサカサ、シーの落ち葉がやけに大きく聞こえる。そんな大きな音だすなよと思ったが、ぼくの家は三階だし、ここが兄ちゃんの家とは知られていないだろうから大丈夫だろう。それに、隠れなくたっていいのかもしれないし。

兄ちゃんは高校二年生だ。だけど、高校には行っていない。

なんでかは、ぼくは知らない。ママにそれとなく聞いたことがあったけど、「いいじゃない、家にいてくれるんだもの」と言って理由は教えてくれなかった。ママの言う通り、兄ちゃんが元気で家にいるんだからそれでいいと思うけれど、となりのクラスの女子がいじめられて学校に来なくなったと聞いてから、兄ちゃんのことも心配になってきてしまった。だって兄ちゃんは、すごく動く癖があるから。まぁこの話は、あとでする。

「晶、達と一緒に洗濯物ほせる？」

「ママ！　しゃがんで」

ベランダに出てきたママに、ぼくは急いで囁いた。ママはビックリして言う通りにすばやくしゃがんだ。制服を着た人たちが通り過ぎるであろう時間、ぼくは息を止めていた（二回吸ったが、小さく吸ったのでカウントしない）。その間ママも何も言わなかった。

ぼくがふぅ、と息をつくと、それを合図に、

「なに、また遊んでるの？」とママが笑って話しかけてきた。もうキーキーの音はしない。

朝ドラが良い回でよかった。

「ちがうよ」

「ま、洗濯はごはんのあとでもいいから」

ママは「おいしょ」と言って立ち上がった。それからカサカサ、シーの落ち葉を踏んだ

けれど、なんの音もしなかった。しばらくぼくは落ち葉をふむ遊びをした。けっきょく時間をかけたのにもかかわらず、良いさくっはひとつも聞けなかった。

リビングに入るとテーブルには水餃子が並んでいた。あー、またどうして焼かなかったんだろう。同じもので出来ているのに、ゆでるのと焼くのとではテンションも大違いだ。

「ほら、達呼んで」

ママはぼくのお茶碗に、ごはんをぎゅうぎゅうに盛りつけながら言った。ぼくに呼ばれた兄ちゃんも、リビングに入るなり「はぁ」とため息をついた。おそらく兄ちゃんも「なんで焼かなかったんだ」と思ったに違いない。ただ兄ちゃんのお茶碗にもぎゅうぎゅうにごはんをつめるママに、そのため息は聞こえていないようだった。兄ちゃんは、自分のため息を聞かせたかったのかもしれないけど、ぼくはママに聞こえていなくて本当によかったと思う。

それでもぼくと兄ちゃんは水餃子をぱくぱく食べて、ママが追加でゆでてくれた水餃子も次々になくなっていった。

「父ちゃんの分はいい?」

ぼくは残り四つになったところでやっと父ちゃんのことを思い出した。ぼくがその質問をしたのと同時に、兄ちゃんが一つ、ためらいながら餃子を口にいれたので残り三つになった。

「うん、今日もおそいから」

「よかった」

兄ちゃんも首をたてに振りながら餃子を噛み始めた。父ちゃんが早い日だったら、兄ちゃんは一度口にいれた餃子をどうしようとしたのだろうか。


ぼくの父ちゃんは、たいてい夜遅くまで仕事している。雑誌にある広告をつくる仕事。課長だと言っていた。たぶん、部長くらいに偉い人。

実際に父ちゃんが関わった広告を雑誌の中で見たとき、ぼくは驚いた。その雑誌はお姉さんとかが読むようなもので、ぼくには縁のないネックレスや服が載っているつまらない雑誌だった。リビングで父ちゃんがその雑誌を読んでいるのを見て、「父ちゃん、ママに何かあげるの?」ときいた。父ちゃんは「そういう気持ち、忘れてたなあ」と言って、別のページをぼくに見せた。そこにはガラスの小瓶の写真が大きく載っていた。小瓶には薄ピンクの液体が入っているが、ラベルは英語で書かれているので、何かはわからない。

「父ちゃんな、このページをつくる仕事をしてるんだよ」

英語を解読しようとするぼくに、父ちゃんは言った。

「ええ！」

もうそうなったら英語の内容はなんでも良かった。それよりも、父ちゃんが作ったものが世の中で売られていることにぼくは驚いた。それってもう有名人じゃないか、と父ちゃんに言うと、「どうもどうも」とあっけらかんと言ってコーヒーをすすった。

父ちゃんは朝ごはんのときも何も食べずにコーヒーだけを飲むので、身体が薄い。いつもひらひらして布みたいだとぼくは思う。それから、父ちゃんはぼくの父ちゃんだけど、兄ちゃんの父ちゃんではないらしい。これは兄ちゃんが教えてくれた。

「二人には言うなよ」

兄ちゃんは言った。二人とはもちろんママと父ちゃんのことなので、ぼくは、もしそれが本当なら二人は知ってるじゃないか、と言った。兄ちゃんは首を静かに横に振った。

「問題は二人が、言いたいときに言えたかどうか、だから」

「どういうこと」

「そのまんま」

兄ちゃんはそれ以上何も言わずに、分厚い本を読みはじめた。とても大事な話だと思っていたぼくはしばらく兄ちゃんを見つめたけれど、分厚い本をぺらりとめくるだけで続きはなかった。あまりにもさっぱりしているので、ぼくはその分厚い本に書かれている作り話じゃないかと思った。そう思いはじめると、そうとしか思えなかった。だってもし本当だというなら、兄ちゃんのお父さんはどこにいるんだって話だし、兄ちゃんの身体は父ちゃんと同じくらいひょろひょろしているし、二人には、同じ位置にほくろがある。右の手の甲に。それは遺伝としか考えられない。

だからこれについては半分くらいしか信じていないけれど、無性にママに聞きたくなったことは何度もある。本当だったらどうしようと、思い出して泣きそうになってしまうこともある。だけどぼくはママにも父ちゃんにも何も言っていない。もう五年生だし、我慢すればするほど、もっと大人になれるような気がするのだ。

「ね、洗濯物。干してなかったでしょ？　回したのに」

最後の水餃子を遠慮なく箸でとった兄ちゃんに、ママは言った。兄ちゃんはよく嚙んで水餃子を飲み込んで、しばらく天井を見つめてから「ああ」とだけ言った。天井をみるのも、兄ちゃんの癖のひとつだ。兄ちゃんはママの前だとかなり無口になる。さっきまでぼくとにんじんのお菓子について話してた人とは別人のようだ。かと言ってリビングだとぼくに話しかけることも少ない。というか、話しかけられたことなんてないと思う。だからごはんを食べるときはママが小言を言うか、ぼくが学校での出来事を話すか、どうしても観たいテレビがついているかのどれかだ。

「もー、生乾きで臭くなっちゃうじゃない」

きょうはママの小言デーみたいだ。ママは兄ちゃんに、学校に行くこと以外のことではたくさん怒る。

「明日は干してよね」

「ああ」

しばらくして兄ちゃんがそう言った。ぼくは、今の「ああ」も『あなたの話、聞こえていますよ』の意味しか持たないことを知っている。きっと明日も二人は同じセリフを言うだろう。

＊

兄ちゃんが家にいるようになったのは、一年ちょっと前。兄ちゃんが高校一年生、ぼくは小学四年生だった。特別授業でおいも掘りにいった日で、自分で掘ったおいもを家で料理するという授業だった。ぼくはいろんなおいもの絵を描いて、準備万端でおいも掘りに臨んだ。

「すげぇー」と声がするので振り向くと、シンジュがいくつにも連なったさつまいもを掘りあげていた。みんながシンジュの周りに集まっている。シンジュは平均よりもすこし背が高く、嬉しそうな目だけはみんなの頭の上からも見ることができた。

シンジュとは一年生からの仲だ。ぼくが人見知りをして校庭でたまたま拾った石をひとりで触っていると、「石、すきなの?」と言っていくつもの石を持って来てくれた。ぼくは石についてそれほど知識がなかったので曖昧に笑っていると、シンジュは自分のズボンの裾をまくり上げ、ぼくとまったく同じ消防車柄の靴下を見せた。それは色もまったく同じだった。ぼくたちは笑い合って消防車の柄と柄を合わせて二人三脚のようにして歩き、先生に自慢をし、また月曜に消防車の靴下をはく約束をした。そんな約束は一回きりで終わったけど、それからずっと一緒にいる。ほんとは真樹《まさき》という名前なのだが、「これからおれのこと、音読みで呼んでくれ」と言われてから、シンジュと呼んでいる(ぼくも一瞬「あき」から「ショウ」になったが、それはすぐ終わった)。

シンジュはさつまいもを担いだまま、先生に写真を撮ってもらっていた。周りには女子もたくさんいた。シンジュはけっこう、モテる。女子はよくシンジュのことを「ポメラニアンみたい」と言い、本人は嫌がっていたが、一時期は「ポメ」と呼ばれていたこともあった。

写真を撮り終わったシンジュは、ぼくの横にきて早く掘れるようにと踊った。目がくりくりのシンジュがジャンプするのをみると、たしかにポメラニアンと言われてもおかしくない。シンジュは踊りながら、「アマゴイじゃなくて、イモゴイだ」と言ってぼくを笑わせた。しばらく踊って疲れたシンジュが座り込むのと同時に、ぼくはさつまいもを引き抜いた。それは球体と言っていいほど真ん丸だった。

「晶の、かっけぇ！　地球だぜ！」

シンジュはキラキラした目でみつめた。両手でないと持てないくらいのそのさつまいもは、シンジュが言うとほんとに地球みたいで、ぼくは口をすぼめて照れた。

家までの帰り道も、さつまいもはランドセルにいれずに手で抱えて持って帰った。短く生えたさつまいものヒゲを指でちろちろ触りながら、どんな風に料理しようかと考えていたら、あっという間に家についた。

結局ぼくが思いつく料理は焼きいもしかなかった。ただ、大きいけれど一個しかないさつまいもは、焼きいもだと上手くみんなと分けることができない。宿題には料理をするだけでなく、家族に食べてもらった感想をもらうことも含まれていた。

しかしぼくの悩みは家に帰るとすぱっと消えた。ママがたくさんのさつまいもレシピを用意していたのだ。ぼくは写真をみて一目惚れした、テカテカの大学いもに決めた。今までそれを回転寿司でしか見たことがなかったから、まさか自分の家でも作れるとは思わなかった。

　ぼく専用の、持ち手の白い包丁でさつまいもを切っていると、リビングの奥から洋楽が聞こえてきた。家族の中で洋楽を聴くのは、兄ちゃんだけだ。

「あれ？　兄ちゃんいるの？」

　さつまいもをちゃんと切り終えてから、ぼくはママに聞いた。ほんとうはすぐに聞きたかったけれど、「包丁を使っている間、話をしてはいけません」という先生の教えを守った。

「うん。お休み」

　そう聞いた瞬間は、ぼくはなんの疑問も持たなかった。逆に高校生には平日のお休みがあるんだと、未来に希望を持ったくらいだ。

　だけどママを見ると、少しやさしい顔をしていた。その顔は、ぼくが転んでけがをしたときに見せる顔と同じだった。だから兄ちゃんが休んでいるのは、学校ではなく兄ちゃんに理由があるのかもしれないと思った。

　ぼくは一度兄ちゃんの部屋の前まで行ったけれど、「揚げるの、やっちゃうよお」とのんきな声がしたのでリビングに戻る。ママはぼくが急いで戻ることがわかっていたかのよ

うに、

「揚げるのは危ないからさ。晶、お砂糖とお醬油混ぜて」と手に持っていた醬油瓶をぼくに渡した。すでにさつまいもがパチパチいっている。

むっとしたけれど、ママの隣に立つと、ぼくが手出しするべきではないことは音でわかった。遠くから聞く、パチパチと美味しそうなその音は、近くにいくにつれ激しさが増し、凶暴になった。ぼくはしっかり揚げ物から距離をとって、砂糖を溶かす役割にまわった。

すべて混ぜ終わり遠くから揚げられる音を聞いていると、いつもの晩ごはんを待つときと同じ気持ちになっていた。ぼくは調理をすることが宿題であることも忘れ、待つ時間を退屈だとさえ思った。そして持て余したぼくの脳に兄ちゃんへの心配がするすると入り込み、ぼくは立ち上がった。そのままリビングの奥にある、兄ちゃんの部屋の前に行った。

「兄ちゃん」

ぼくはドアに耳をくっつけて、兄ちゃんの返事を待った。

「なにー」

少し間があったあと、兄ちゃんの声がした。

「さつまいもがあるよ」

ぼくは一応、兄ちゃんと同じくらい間をとってから、そう言った。

「あいー」

「ぼくが掘った」

これには返事がなかった。いつもみたく、ノックと同時に部屋に入ることをしなかったぼくに、もう入るタイミングはない。

「リビングで食べてるよ」

「うーい」

またさっさと同じ間で、こんどは返事があった。「うーい」と伸ばして言った中の「う」が、震えていた。泣いているのかもしれないと、ぼくはドアから耳を離して思った。判断するには「う」を伸ばす時間が短すぎたので、それはただの勘だった。でもこの勘は、思いつきや予想のようなゆるいものではなくて、ドアノブに触ったら電気が走るくらいの強いものだった。ぼくはドアノブを見つめた。電気はこわいけど、もしそうであるなら、ぼくはこのドアを開けたほうがいいのではないかと思った。でもそれと同じくらい、開けないほうがいいとも思った。

「晶」

ママが隣でぼくを呼んだ。ママはいつの間に、ぼくの隣にきていたのだろう。ぼくは驚いて大げさに振り返ってしまった。

「リビング行こっか」

ママはまたあの優しい顔をしていた。ママに連れられてリビングに戻ると、甘い香りが広がっていた。ぼくが切ったさつまいもが、黒ゴマをつけてテカテカしている。

「宿題なの忘れてやっちゃったの。ごめんね。でも、すごいね晶」

ママは最後、ぼくが作ったかのようにそう言った。ぼくは目の前の大学いもが魅力的すぎて、むっとする気持ちも、しょげる気持ちも生まれなかった。それに、そんなことよりも兄ちゃんのほうが大事だった。

ぼくとママが大学いもを食べている間、兄ちゃんは部屋からでてこなかった。それどころか、その日は夜ごはんも「あとで」と言って一緒に食べなかった。ぼくは大学いもにラップをして「兄ちゃん」と上からペンで書いた。

次の日クラスで宿題の発表をすると、大学いもを作ったのはぼくだけだった。先生は宿題をやってきたみんなをほめた。「これからも、家族の人にご飯を作ってみてください」と言って授業が終わった。みんなに合わせてぼくも「はーい」と答えたけれど、先生の言葉が授業のあとも残って、しばらく黒板に貼られたみんなの宿題をぼーっと見ていた。結局兄ちゃんが大学いもを食べたかどうかは知らない。

*

おいも掘り翌日から、ぼくは学校から帰ってくるとすかさず玄関の靴を確かめるようになった。兄ちゃんのローファーは毎日同じ場所に置いてあった。手を洗ってまず兄ちゃんの部屋のドアに耳をくっつける。洋楽や、本がペラリとめくられる音、走っている音が聞こえることもあった。兄ちゃんはごはんを食べるとき以外、ほとんど自分の部屋にいるようになった。ぼくはテレビだって観るし、リビングじゃないと勉強も集中できないから、兄ちゃんの行動は信じられなかった。次第にぼくは遊びに行った先でも、たびたび兄ちゃんのことを思い出すようになった。ただそれは、外野のポジションにいてもボールがこっちに飛んでこないときや、鬼ごっこでオニが遠くにいるときなど、たいてい頭に隙間があるときだけだ。

クラスの何人かがマフラーを巻き始めた頃、ぼくたちは放課後に校庭でドッジボールをすることになった（ぼくたちが遊ぶ内容に、季節はほとんど関係しない）。ドッジボールは、学年で誰が強いかなんとなくわかる。そして最も強い二人（これは恐ろしいことに、ずっと前から決まっている）がジャンケンして一人ずつ選んでいってチームを決める。体育の授業でドッジボールをするときは、ぼくは三番目か四番目に選ばれる。投げる力は普通だけど、足が速いからだと思う。いつも残り二人になると、最強の二人は、祈るようにジャンケンをして、残りの二人から一人を選ぶ。

ぼくはいつもジャンケンの様子を特になんの思いもなく見ていた。今回は最後まで逃げられるかな、なんて競技に集中するくらいだった。だけどそのときは違った。全員で八人しか集まらなかったぼくたちが同じように一人ずつ選ばれていった結果、ぼくは最後の二人に残ってしまった。

「ん～晶でもいいんだけどねー」

最強の一人である鮎川《あゆかわ》が、腕をねじって拳の中をのぞいている。次に何を出すか占っているのだ。鮎川は、ママの言葉を借りると「顔がシュッとしている」。たしかに鼻も高いし、足も速いし、鮎川は「シュッ」が似合う（そういうことじゃないとママは言った）。休み時間はたいてい鮎川が遊ぶ内容を決める。でもそれはガキ大将みたいに無理やり決めているのではなく、みんなの意見を聞きながら最終的に鮎川が決断する。毎回、クラスの委員決めでは必ず学級委員長に鮎川の名前があがるが、鮎川はぜったいに学級委員長にはならない。代わりに「俺なんて」と言いながら副学級委員長になる。それが鮎川だ。みんなはどう思っているかは知らないが、ぼくはそういうことができる人をあまり信用していない。

ぼくと一緒に残ったのは権ちゃんだった。権ちゃんは女子だけど、ぼくよりも背が高い。あと、言い忘れていたがけっこうかわいい。鮎川もそう思っているはずだ。それから、ぼくだけでなくみんなが権ちゃんと呼ぶ。本名は権藤《ごんどう》あゆみだ。誰が言い始めたかはもうわからない。本人だけは、自分のことを「あゆ」と呼ぶ。だからみんな権ちゃんと呼ぶけれど、本名が権藤あゆみだということを誰も忘れない。

ジャンケンの結果鮎川が勝って、権ちゃんを選んだ。

「俺のチーム、すばしっこいのがいないからな」と鮎川は言い訳するように言った。それならぼくを選んだっていいんだから、やっぱり鮎川も権ちゃんのことをかわいいと思っているんだろう。

帰り道、ドッジボールで疲れているぼくの身体に、ごろごろした違和感があった。「つかれた」と「おなかすいた」にはさまって潰されると思ったけど、家に着いてもしぶとく残っていた。

「ただいまー」

ぼくの声は誰にも届かずにリビングに消えた。夕方に家の電気がついていないと、一日のおわりが目に見えてわかって少しこわくなる。すぐにリビングの電気をつける。冷蔵庫の麦茶を飲んで、予定通りはじまったアニメを観たが、観終わっても、違和感は消えない。

ぼくは押し入れにある救急箱から、キャラメルをひとつとり出して口に入れた。「嫌なことがあったら、これを食べるの」と、いつもママはキャラメルを箱の中に常備している。ぼくは勉強がはかどらないときや、ごはんが待てないときにもこっそり食べていたけど、こんなにも薬が効くことを願ったのははじめてだった。ゆっくり味わってから飲み込んだ。

それから兄ちゃんの部屋を通り過ぎて自分の部屋に入ろうとしたところで、今日は遊んでいるときに兄ちゃんのことを考えなかったな、と気づいた。だからふと、兄ちゃんの部屋に耳をつけた。この日はダダダ、と兄ちゃんが部屋を走る音が聞こえた。おいも掘りの日以降、ドアに耳をつけて存在を確認していたけれど、入ることはなかった。

「兄ちゃん」

ぼくがドアに向かって言うと、走る音が止まった。

「あの、入っていい？」

「うん」

ぼくはゆっくりとドアを開け、慎重に足を踏み入れた。職員室に入るときのような緊張感さえあった。兄ちゃんは先ほどまで走っていたはずなのに、もう机に向かって座っていた。

部屋を見回すと、たくさんの本とCDが床に散乱し、壁には絵が飾ってあった。ほとんどが建物や風景が描かれたものだけれど、建物の壁や空に何色もの色が使われていて、ずっと見ていたくなる絵だった。どれもスケッチブックから破りとったものらしく、一辺だけリングのあとがギザギザとついている。

「ここ、いいよ」

ぼくが絵を見ていると、兄ちゃんは自分の家に招いたように、椅子に敷いていた座布団をぼくにゆずった。

「ありがとう」

床には均等に落ち葉が置いてあった。踏んだらさくっと音がするあの落ち葉だ。でも落ちているのではなく明らかに置いてあった。その場所だけ、本やCDが落ち葉を守っているみたいだ。だから踏むのは我慢して座布団に座った。

珍しく部屋に入ってきたぼくにかまう素振りは一切見せず、兄ちゃんは机に向かって何かを描いていた。ときどき鼻歌なんかも歌ったりしている。それは小さなぼくでも、気を遣った鼻歌ではなく、ただ楽しいから歌っているんだとわかった。ぼくもその鼻歌にゆったりのって、兄ちゃんが描く姿や散乱する本やCDを見た。だんだんと散乱しているのではなく、そこにわざと置いてあるように見えてきた。

「兄ちゃん」

「ん」

「今日、友だちとドッジボールをしたんだけど」

「ん」

兄ちゃんはぼくに顔を向けた。優しい目をして、すぐ視線を机に戻した。

「いつもチームを決めるときは、鮎川とシンジュがジャンケンして決めるんだ。鮎川とシンジュはドッジボールが強い二人だからね。ぼくは投げる力はないけど、すばやさがあるから、けっこう重宝されるんだけど、今日は人数が八人しかいなくて、ぼくは最後まで選ばれなかったんだ」

「うん」

「なんだか嫌な気持ちなんだ」

「ドッジボールはしなかったの？」

「あ、ううん、した。したし、勝った。でもその前に、チームに最後まで選ばれずに残ったことが、嫌なんだ」

「ふぅん」

「いつもクラスでやるときは、こんな気持ちにならなかったんだ。ぼくより後に選ばれるやつがいたりするから」

「うん」

「おわり」

話し終わっても絵を描き続ける兄ちゃんを見ながら、ぼくはポケットにいれていた笛ラムネを出して、話し終わった合図のように「ぷぅー」と吹いた。もしかして今の話は、恥ずかしい話だったのかな、とラムネを舐めながら思う。だってぼくが友だちに最後まで選ばれなかったって話なんだから。だけど兄ちゃんに伝える間も、伝え終わったあとも、ぼくはまったく恥ずかしくなかった。兄ちゃんに聞いてもらっただけでキャラメルではおぎなえなかった何かが、消化されたような気がした。

「生きてるな、晶」

「え？」

ぼくのラムネが全部溶けきったころ、兄ちゃんは言った。聞き返しても何も答える様子がない兄ちゃんを、しばらく見た。

「生きてるよ、ぼく」

「うん。今日の晶は、よく生きた。いつもよりも、よく」

「ふぅん」相づちを打ってから兄ちゃんの言葉を待ったけれど続きはないようだった。

「じゃあ兄ちゃんは今日生きた？」ぼくは代わりに質問した。

「うん」

兄ちゃんは描く手をとめると、自分のTシャツを捲ってぼくに見せた。

「いま、俺は、二本の毛を育てている」

兄ちゃんはへその横を指さした。たしかに二本だけ、長い毛がはえている。

「一本には毎日ワセリンを塗って、もう一本には、何もしていない」

丁寧に一本ずつ指をさして兄ちゃんは説明した。まったく同じ毛。

「まったく同じ見た目だろ？」ぼくの心そのまま、兄ちゃんは言った。

「うん、一緒」

「だけど俺は、一本には手間をかけてワセリンを塗っている。見た目に結果は出ていないけど、手間をかけている、事実はあるんだ」

「うん」

「同じ見た目だけど、まったく違うんだ」

ぼくは首をちょんちょん、と縦にふった。よくわからないけど、兄ちゃんも生きている。

「わかった」

「うん」

兄ちゃんはまた絵描きにもどった。ぼくも、兄ちゃんの部屋の観察にもどる。絵をよく見てみようと立ち上がると、兄ちゃんがいま描いているものが見えた。落ち葉だった。よかった、やっぱり置いてあったんだ。落ち葉の絵の横には、ボールがきれいに描かれていた。

その日から、ほとんど毎日兄ちゃんの部屋に行った。

ぼくが五年生になった日も、遠足で山に登った日も、兄ちゃんは部屋にいた。行くたびに兄ちゃんは、

「お花見は、外でするならおにぎり、桜を想像して室内でするならバタートーストが合う」とか、

「冬のにおいがする、はよく聞くのに、夏のにおいがする、と聞かないのは梅雨のせいだ」とか、いろんなことを教えてくれた。ぼくはそのたびにバタートーストでの花見を楽しんだり、梅雨が明けたときに思いっきり息を吸いこんだりと教えの通りに行動した。梅雨明けの日はとても暑くて、深呼吸なんてとてもじゃないけどできなかった。

毎日のように兄ちゃんの部屋に行くと、兄ちゃんが動く瞬間を見ることも増えた。動く、というとなんのこっちゃなのだが、兄ちゃんは衝動的に、必要以上に動く。家の

中を短く走ったり、指を高速で動かしたり。家の中で走ると言ってもぼくの家は走る専用の場所などないのだが、キッチンから窓までの畳三つ分くらいのスペースや、玄関からリビングまでの四歩でいける廊下（しかも二リットルの水が入った段ボールと、ゴミにだす予定の雑誌がところどころに置いてある）を器用に走る。指を動かすのも毎回同じではない。机をピアノにみたてて演奏するみたいに動かすときもあれば、研究者が数式を書くように空中に何か書く仕草をするときもある。

動きは何のきっかけもなくはじまる。たとえば読んでいた本を置いて、洗濯物を干している途中に、トイレから戻ってきたついでに、などなど。そういうスポーツがあるかのように真剣に動くときが多いけれど、それは動くことに真剣に向き合っているというより、真剣に何かを考えた結果動き出してしまった、と言ったほうが近い。

兄ちゃんの部屋で動き出す瞬間を見ても、やっぱり動く兄ちゃんとそうでない兄ちゃんの境目はあいまいだった。ときどき難しい本を読んでいると途中で別のことを考え始めていつの間にか文章が頭に入ってないことがあるけれど、その「いつの間にか」と同じくらい兄ちゃんは知らぬ間に動いている。

ママがはっきりと兄ちゃんに怒るようになったのは三、四年前からだ。兄ちゃんの身長が父ちゃんに近づいて、走る音がトストスからドスドスになったからだと思う。テレビを観ていても兄ちゃんの足音で集中できないこともある。「テレビ観てるよ」と声をかけても、走っているときは聞こえていない。だからやっぱり、真剣に走っているんじゃなくて、真剣に何かを考えているんだと思う。だからママが怒るときは、「走んないで！」「達！」「ねえ走んないで！」と連続で大声を出す。もちろんいちばん怒るのは朝ドラを観ているときだ。兄ちゃんは声に気づくとハッとして、動きを止める。それからごめんなさいという顔をする。

「あなた学校でも〝それ〟やるの？」

怒りにまかせて、ママは兄ちゃんにそう言ったことがあった。まだ兄ちゃんが高校に行っているときだ。そのときもママは朝ドラを観ていた。兄ちゃんは〝それ〟を自分でもなんだかわかっていて、すぐに「やってない」と答えた。

「そう」とママは言った。それから「気をつけてね」と言った。兄ちゃんが気をつけたら直せるものなのか、ぼくにはわからなかった。でも学校でやってないことについては、ぼくも少し安心した。兄ちゃんには申し訳ないけど、ぼくだってあまり知らないクラスメイトが教室で真剣に走っていたら、話しかけられない気がする。

兄ちゃんが学校に行かなくなったのは、ママに怒られて数週間たったときだった。ママは走ることでは怒るけど、学校に行かないことに対しては一度も怒ったことがない。

ぼくは、部屋で教えてくれる兄ちゃんはもちろん、動いている兄ちゃんもすきだ。動くことが、兄ちゃんの脳にエネルギーを送っているような、そんな気がするから。だからたしかに誰かがテレビを観ているときに走るのはよくないけれど、指を動かすとかの小さな動きは、我慢しなくていいと思う。

*

週の中でいちばんすきな曜日は土曜、次は日曜だけど、いま火曜が日曜を抜きそうだ。なぜなら学年全体でおこなう音楽の合同練習が始まったからである。

ぼくの学校では、毎年十二月に音楽祭がある。これは学校全体の大きな行事のひとつで、地域の人からも、ぼくの学校は音楽にとても力を入れていると評判だ。特に上級生の演奏はいつも注目されていて、それを楽しみに足を運ぶ人も多い。

音楽祭では、運動会のように三クラスある一学年を二チームにわける。今年は「かぶ」「はくさい」の二チーム。これは校長先生が育てている野菜の名前で決まる。去年は同じだったが、おととしは「かぶ」「たまねぎ」だった。ぼくは三年連続「かぶ」チームになった。

五年生になると、使える楽器の数が急に増える。低学年から使うリコーダーやタンバリン、トライアングルに加え、木琴、鉄琴、ティンパニ、オルガン、シンバルと音楽室で存在感抜群の楽器すべてを使うことができる。ぼくは去年から木琴にすることを心に決めていた。

どうすれば木琴を担当できるかを考えながら歩く通学路は、とても短かった。木琴はオルガンやシンバルとは違い、「珍しい楽器だけど、一人じゃない」という絶妙な目立ち加減が人気で、毎年かなりの倍率らしい。そしてここで負けると、きっと人数があふれるほどいるリコーダーかタンバリンだ。

ジャンケンする直前に、無難に鍵盤ハーモニカにしとこうか、とひよったが、無事ジャンケンを勝ち抜いて木琴担当になった。ぼくはよくチョキをだすキャラなので、あえてパーをだしたのだ。これは通学路で練った作戦だった。我ながら天晴れである。

木琴チームは、全部で四人。鮎川と、まだ同じクラスになったことのない女子（たしか神崎さんか神舘さんか、とにかく神がついていた）、あと隣のクラスの南優香《みなみゆうか》だ。南優香は、二年生のときだけ同じクラスだった。ぼくがつるむような、外で遊んでばっかりのグループにはいなくって、大人しく教室で話しているイメージ。苗字も名前みたいだなぁとぼんやり思っていた。久しぶりに見る南優香は髪をきれいにのばし、甘い匂いがした。

「坪内くんってわたしのことフルネームで呼ぶよね」

南優香はぼくの隣にきてそう言った。自分が南優香の名前をどこで呼んでいたかは思い出せなかったが、同じようにぼくとの少ない過去を思い出してくれていたことに照れた。

「ごめん、なんて呼べばいいかわからなくて」

「フルネームでいいよ。緊急のときは名前で呼んで」

緊急のときとはいつだろう。避難訓練しか思いつかない。そう言うと、南優香は口元をグーで隠して控えめに笑った。南優香はとても小さな手をしていた。

ぼくはなんだか目がかわいてきて、たくさんのまばたきをしたあと、もう一度南優香の小さな手をみた。けれど南優香は口元から手をおろし、サイズがぴったりのカーディガンのそでを無理やりひっぱって手を隠してしまった。ぼくはだんだん、じっとしていることが変ではないかと思えてきて、手当たり次第にバチをつかんだ。配られた楽譜をみたけれど、まだ音符のうえに「ド」とか「レ」を書いていないので、ＰＴＡのお知らせと同じくらい意味のないただの紙だった。仕方なくドレミファソラシドドシラソファミレドを繰り返したたいた。

そのあとは国語の授業だった。兄ちゃんが描いてくれた東西南北の神様の絵が国語便覧にはさまっていた。ふいに現れた「南」という漢字にぼくはどきりとして、あわてて国語便覧を閉じた。それからもう一度、ばれないように国語便覧を開いて「南」を一応なぞった。南は朱雀という鳥の神様だった。ぼくのすきな西の白虎と隣同士だった。

家に帰ると、またベランダは空っぽだった。ママが「明日は洗濯、干してよね」と兄ちゃんに言ってから数日たったけど、ぼくが覚えている限りでは、兄ちゃんが約束通り干したのは二回だけだ。洗濯機のふたを開けると、ゲップされたようにぶわんと生臭いにおいが顔にかかる。またママのキーキーを聞くのは嫌なので、仕方なく洗濯機を回した。ぼくはこういう役回りがときどきある。ぼくはお皿拭きだってお風呂洗いだってやっているんだから、兄ちゃんの手伝いをするつもりはないけれど、今日は神様の絵のこともあるし大目に見ることにする。

「兄ちゃん、洗濯機回してあげたよ」

ぼくは兄ちゃんの部屋に入って言った。

「ああ、ごめん」兄ちゃんはまた分厚い本を読んでいた。

「干すのは、やだからね」

ぼくは念をおす。それから兄ちゃんの部屋をうろついた。絵のことでお礼を言おうと思ったけれど、描いてもらったのは少し前のことなので やめにした。それに、兄ちゃんはお礼を言われても何のことかわからないだろう。お礼ができないとわかると、ほかに話せることがなくなってしまった。話したいことはたくさんあるような気がするけれど、ぼくの知っている日本語で使えるものはなかった。どちらかというと、漢字になる前の象形文字のほうが、いまのぼくの気持ちを表せる気がする。

「これ、さ」

兄ちゃんは分厚い本をとじて、ぼくに一枚の絵を見せた。兄ちゃんからすすんで絵を見せてくれることは今までなかった。もしかしたら、ぼくが何も言わずに部屋を五周したからかもしれない。

絵はノートを広げたくらいの大きさで、たくさんの人と大きな木に囲まれた湖が描かれていた。大きな木はどれもきれいな緑色をしていて、鳥が心地よく過ごせそうなくらいに葉っぱが充実している。だけど鳥はいなくて、かわりに実がなるようにカギがなっていた。大きな門でも開きそうな重そうなカギ。そしてそのカギは、湖の周りにいる人も手にもっている。

「木にカギがなってる」ぼくは見たまんまのことを兄ちゃんに言った。

「うん。こっちの、湖にもある」

「ほんとだ」

湖にはいくつかカギが沈んでいた。木よりは数は少ないけれど何個かある。一、二……四個だ。それから人も一人いた。大人に見えるその人は溺れている。兄ちゃんが描いたの？　と言うと「もらった」と言った。誰に？　と聞いても特に何も言わないので、おぼれてるね、とまた見たまんまのことを言った。

「うん」

兄ちゃんはそう言ってからしばらく絵を見た。そのあいだぼくは兄ちゃんの顔を見た。兄ちゃんはちょっと口が開いていた。それは口呼吸をしているからではなく、言葉を出そうとしているからだとわかった。だからぼくはゆっくり待つことにした。

「この人は、湖のカギをとろうと思って飛び込んだ」

兄ちゃんは脳内の言葉たちを整列させるようにコホンと咳をしてから言った。

「うん」

「木にもカギはあるのに、なんで飛び込んだと思う？」

「え、えっと」

こんな風に問題を出されることはよくあることだった。たいていは「わかんないよ」で返してしまうのだけど、今回ばかりは少し緊張感があって、しっかりぼくの意見を言わないといけないような気がした。

「湖のやつのほうが、貴重だから?」

「うん、その可能性もある」

兄ちゃんはそれだけ言って、まだ絵をみていた。ということは、兄ちゃんが思っている正解とはちがうのだ。だけど正直に言うと、今のぼくはいつもみたいに、兄ちゃんの問題に百パーセントで向き合える状態じゃなかった。常に脳の半分は南優香でうまっていて、残りの半分でしか考えることができない。そう言ってギブアップしたかったけど、そんな言い訳できるわけないし、なにより兄ちゃんはぼくが別の答えを出すと信じきった顔をしていた。ぼくは残った半分をフル回転させて、もう一度考えることにした。湖にあるはじっこのカギをさわる。ぼこぼこしている。

「湖のカギが、ほしかったから?」もうこれでなかったら降参しようと思って答えると、兄ちゃんは「あ」とも「お」とも聞こえる音を言って、ぼくと同じように湖のカギを触った。

「正解?」

「この世界では」兄ちゃんは指で絵の四辺をなぞる。「カギが一人一つ、与えられている」

「それでみんな持ってんだね」

「ほとんどの人は木からカギをとる。だけど木になったカギを全員がとれるとは限らない。

少なくともこの人はとれなかったんだ」指で溺れる人をぐるぐる囲った。渦に巻き込まれていくみたいだ。

「ジャンプすればいいのに」ぼくは言う。

「そうだな」

兄ちゃんは太陽に絵を透かしてみるように掲げてから、またコホンと咳をして、

「実はその考えは、人を傷つけることがある」

「なんで？」

「晶は自分がジャンプできるから、みんなジャンプできると思っただろ」

「ちがうの？」

「ジャンプしたくてもできない人がいれば、ジャンプという概念がない人もいるし、絶対ジャンプしたくない人もいる」

「がいねん？」

ぼくは言葉の意味を説明してもらおうと兄ちゃんを見たけれど、兄ちゃんはぼくの視線に気づく気配はなかった。

「だからこの人は、湖の底にとりに行くしかなかったんだ」

「けっこう深そうなのにね」

「そう。だからみんな、なんで湖にいるの？　と思う。もしかしたら溺れる姿を笑う人もいるかもしれない」

「ごめん、ぼくもジャンプすればいいって言った」

「謝らなくていい。でもそれが世間だ。自分が当たり前にできることは、みんなもできると思う」

「せけん」

「世間は、たくさんの人で出来ているが、人とは違う。血が通っていない」

「せけん……」ぼくは兄ちゃんの言っていることがほとんどわからなかった。理解しようと思っても、やっぱりぼくの脳内には朱雀や木琴がふわふわ浮いていて、難しいことは考えられなくなっていた。

　ガガガガ、ピーと洗濯機が鳴る。あー、まただ。最近ぼくの家の洗濯機は、脱水機能が壊れている。そういうときはもう一度「洗い」からスタートしなければ直らない。兄ちゃんは音に反応して部屋を出たけれど、この法則を知っているのだろうか。

　ぼくはぼうっと絵をみる。内容は難しかったけど、ぼくは「せけん」にならないようにしようと思った。もう一度湖のカギをなぞる。なんだか絵が少し変にみえる。でも何が変なのかはわからない。考えるのをあきらめて部屋をでると、兄ちゃんはべちゃべちゃの洗濯物をベランダに干していた。

＊

それから音楽祭までの日々、ぼくの脳内に兄ちゃんが入りこむ隙間は驚くほどなかった。木琴のメンバーが決まった日から、ぼくは隣のクラスをときどき覗くようになった。ぼくの教室は廊下のいちばん奥にあるので、昇降口からも図書室からも遠く、ずっと不公平だと思っていた。だからこんなラッキーな位置だと思ったのは初めてだ。

ぼくはトイレに行くとき、シンジュや鮎川とサッカーしに校庭へ行くとき、よそ見しながら廊下を走った。南優香がいるときといないときで、ぼくのサッカーの出来は大きく変わった。ぼくが教室で姿を見られるとき、南優香はいつも誰かとおしゃべりをしていた。ゲラゲラと笑うのではなく、仕草も声も小さいそれは、まさに「おしゃべり」だった。三年前と違うのは、女子だけでなく、男子とも楽しそうに話していることだった。南優香と話しているのは、毎回同じ女子と、毎回違う男子だった。椅子の背もたれにある防災頭巾は小花柄のカバーで、真っ白のカバンにはクマのキーホルダーひとつだけが付いていた。ぼくが観ているアニメのキャラにも見えたが、二度目に見たときはまったく別の、ただのクマだった。

ぼくは校庭でサッカーをするときや、シンジュと席でゲームの話をするときも、どこかに南優香が現れないかと期待した。もちろん、そのときにどんな動きをするかもシミュレーション（サッカーのときはちょっとけだるさを出すし、席に座っているときは、椅子の後ろ脚だけでバランスをとる座り方を披露するのだ）をした。でも自分の教室にいるときに南優香が廊下を通る確率はとても低く、やはり自分の教室がいちばん奥にあるのは不公平だと思った。

南優香がぼくの教室に来たのは、災難にもぼくが給食で出たソフト麺を床にぶちまけたときだった。ぶちまけた瞬間はみんなが大笑いしていたが、南優香が現れたのは、床に落ちた軟らかく濡れたソフト麺を、ぼく一人でつまんで拾っているときだった。

「坪内くん、どうしたの」

「あぁ、ちょっとね。大丈夫」

そう言ってぼくはだるそうに首を回してみせた。コキコキと鳴ればかっこいいのに、ぼくの柔らかい首はなんとも言わない。

「大丈夫に見えないよ？」

南優香はふふふと笑った。口元をグーで隠すのは、南優香の癖であるらしかった。

「わたしも拾おっか?」

「あ! ほんとにいい。べちゃべちゃだから」

「そう。別にいいのに」

南優香は口をとんがらせてそう言うと、ぼくのクラスの女子に話しかけにいった。目で追いながら、手伝わせる以外に、引き止めることはできなかったのかと悔しくなる。ぼくにソフト麺の知識があれば……。


ぼくは家に帰っても南優香のことを考えるようになった。家で考える南優香はなぜかいつも白いワンピースを着ていて、くるくる踊っていた。バレエダンサーのように、手足の先まで美しく伸ばして。踊る場所が教室のときもあれば、草原や砂漠で踊るときもある。南優香がバレエを踊っている理由はわからなかった。ただ白いワンピースはとてもよく似合っていた。その姿を思い浮かべるとなぜかぼくは毎回急激に走りたくなり、しかしたいてい夜であることから、部屋で足をバタバタさせて終わった。自分でもこのエネルギーをどこに持っていけばいいか迷った。でも兄ちゃんに相談するには恥ずかしすぎて、ただただ足をばたつかせて終わるのだった。ぼくはカギの絵を見て以来、兄ちゃんの部屋に行っていなかった。兄ちゃんの部屋に行ってもモヤモヤが晴れない気がするのだ。かと言って、救急箱のキャラメルはまったく効果はなかったけれど。

「南優香って習字やってたの？」

待ちに待った学年合同練習の日、ぼくは一日準備した質問を南優香にぶつけた。たいていクラス別々の練習になるので、学年合同の練習は一週間に一度、火曜の二時間目だった。ぼくは話しかけたものの、喉の下のほうというか、心臓のあたりがかゆくて目を見て話すのをやめた。目線を下に落とすと、南優香は上履きもきれいだった。

「うん。なんで？」

「あー、たまたま廊下の習字みたから」

「お兄ちゃんがやってて、いいなと思ってはじめたの」

「兄ちゃんいるんだ、うちにもいる」

「そうなんだぁ。何歳？」

「高校二年だから、十七？」

「えー大人。わたしのお兄ちゃんは、来年中三になるんだ。テニス部の部長になるの」

「へー」

「夏の県大会で入賞したの。中二のなかでは一位だったんだ」

「ふうん」

ぼくはお兄さんの話には興味がなかった。それより南優香の好きな教科はなんだとか、いつも何時頃に登校しているのかとか、そういうことを聞きたかった。だけど南優香はそんな隙をぼくに与えずにお兄さんのことを話し続けた。成績もトップで前のバレンタインでは七個もチョコをもらったという南優香のお兄さんに、ぼくが勝てそうなところはひとつもない。

「坪内くんのお兄さんは何してるの？」

突然、ぼくの兄ちゃんのターンになった。ぼくはもちろん自分から話す予定などなかったので、ネタにできるような話はもっていなかった。

「ぼくんちは、ずっと勉強してる」

ぼくは苦し紛れにそう言った。南優香の前で兄ちゃんの話をするのは、なんだか気が進まなかった。ぼくの兄ちゃんはなんでも知ってるし絵もうまいけれど、南優香のお兄さんのように、数字や他人の評価でそれを表すことはできなかった。

「すごぉい。頭いいんだ。大学受けるとこも決まってるの？」

「それはたぶん、まだ」

「あ、国立ねらい？」

「あー。うん、たぶん」

ぼくは必死に、兄ちゃんのことで何か話せることはないか、と頭を回転させた。いま何をしているかもわからなかった。おそらく家にいて、絵を描いていると思うけど。

「絵がうまいんだ、ぼくの兄ちゃん」

「そうなんだ！　じゃあ美大だ」

「あー。うん、たぶん」

それだけ言ってぼくは黙る。また振り出しに戻ってしまった。南優香は数秒間ぼくが話すのを待ってくれたみたいだったが、木琴の練習を始めてしまった。

ぼくも木琴を叩く。もうドとかレを音符の上に書いたからきれいに叩けるはずなのに、なんだかやる気がでなかった。せっかく話すことをいろいろ準備したのに、兄ちゃんの話になるなんて、聞いてない。


帰ってくると玄関にはいつも通り、靴が揃えて置いてあった。

「ただいま」

返事はない。誰もいないリビングに入ると、いつもの場所から洋楽が聞こえてきた。

「ぼくの兄ちゃんは、学校に行ってない」と南優香に言ったら、どんな顔をしたのだろうか、と考えてから、少しどきりとする。もしかしていまぼくは、兄ちゃんに学校に行ってほしいと思っているんじゃないか?

ベランダは今日も空っぽだった。ぼくは代わりに洗濯機を回してあげる気持ちも起きなかった。洗面所に向かうと、トイレから兄ちゃんがでてきた。

「あ、てでいま」ぼくはどきっとして少し変なただいまを言ってしまった。

「ああ、おかえり」

「洗濯しないと、マムカに怒られちゃうよ」兄ちゃんに何も指摘されなかったので、仕切りなおして言う。兄ちゃんはぼくの顔を、ん? と言うように見てから「もっかい洗いなおすよ」と言った。

兄ちゃんは違和感を持ったようだけど、ぼくは今、「ママ」から「母ちゃん」に呼び方を変えている途中だった。今日は三日目である。別に「ママ」と呼べばいいのかもしれないけど、「父ちゃん」のことはずっと「父ちゃん」と呼んでいるし、なんだか今後のためにそうしたほうがいいのではないかと思ったのだ。

しかしいきなり「母ちゃん」にするのは意外に難しかった。呼び方を変えようと思った初日、「か」すら出なかった。「か」は意識しないと出せないのだ。「しいちゃん」とか「まあちゃん」とか、ふにゃふにゃした名前ならよかったのにと思う。「かあちゃん」の

「か」はごまかせない。それに、呼び名を変える境界線が見えるのがとても恥ずかしかった。「いきなりどうしたの？」なんて笑われたら、部屋をかけ回るしかない。

だからぼくがとった作戦は、「ママ」に「母ちゃん」の「か」をくっつけて「マムカ」と呼ぶことだった。多少違和感がある呼び名を一回挟んだら、すぐに母ちゃんに変更できるのではないかという算段だ。実際マムカと初めて呼んだ日、マムカからはさっきの兄ちゃんのような間はあったものの、何も言われずにクリアした。

ぼくがリビングで宿題をしている間に兄ちゃんは洗濯物を干し終わり、テーブルに置いてあるおにぎりを食べはじめた。マムカは仕事が遅いとき、こうやっておにぎりを握っておいてくれる。ぼくと兄ちゃんの分で四つ。いつ見ても三辺がおんなじ長さのきれいな三角形をしている。

兄ちゃんがおいしそうに食べているのを見て、ぼくも一口かじった。中身は鮭だった。イヤホンをしていない兄ちゃんと二人きりになると、つい最近までやっていたように自分のことを話さないといけない気になってくる。しかし今のぼくの喜怒哀楽にはすべて南優香が絡んでいて、何も話せることがなかった。

しばらくの間、兄ちゃんとぼくのおにぎりを咀嚼する音だけがリビングで響いた。兄ちゃんは時おり、おにぎりを持っていない手でピストルを作ったり、中指と小指を立てたりしている。それは別の生き物が手に宿っているかのようで、よく動いた。ぼくは南優香との会話を思い出した。大学は国立かどうかとか、そんなことを言っていたけど、ぼくにはよくわからない。兄ちゃんがいずれ大学生になることも、実感がない。

「兄ちゃん、いま何してるの?」

学校にいかないの? という質問の代わりにそう聞いた。兄ちゃんはもう二個目のおにぎりを食べていた。

「いま?」

兄ちゃんは不思議そうにおにぎりの齧ったあとを見せてくれた。具は梅だった。

「そうじゃなくて、昼とかさ」

「ああ」

兄ちゃんはしばらく天井をみつめる。

「本読むとか、してるよ」

「ふうん」

ぼくは精一杯相づちをうったけれど、あまり心のこもった相づちではなかった。たぶん兄ちゃんが受験勉強をしていると期待していたのだろう。どうしてそんなことを、急に思うようになってしまったんだろう。ぼくがすごいと思っている兄ちゃんの知識は、きっと本を読むとかから得たもので、試験勉強をしてないことは、何も悪いことではないのに。

でも今日わかったことは、兄ちゃんがたくさんの本を読んでいろんな知識を持っていることは、南優香には話せないということだ。目に見えないから。数字や賞や名前がないとき、人にすごさを伝えるのはむずかしいな、とぼくは思う。ちらりと兄ちゃんを見る。なんだか兄ちゃんも気まずそうな顔をして、ピストルも作らずに急いで残りのおにぎりを口にいれると、飲み込む前に席を立ち部屋に戻った。

＊

南優香がうちに来ることになったのは、音楽祭が無事に終わった当日のことだった。ぼくらは一度のミスもなく、木琴を叩ききった。楽器の音がピッタリ揃うのは、気持ちよかった。別に順位がつけられるものではないが、やり切ったことにみんなほくほくしていた。

ただぼくは、音楽祭で唯一退屈である校長先生のお言葉の最中、急に「これからどのように南優香と接点を持てばいいか」という悩みにぶち当たった。校長先生はいつも通り野菜を育てるところから話しはじめるので、解決策を考えるにはじゅうぶん時間があったけれど、何も思いつかなかった。やっぱり兄ちゃんの話なんかしないで、何時に登校するのかを聞いておけばよかったのだ。

「きょう帰りの会もなしだって。うちあげやろーぜ」

校長先生のお言葉が終わるのと同時に音楽祭が終わり、ひとりだけ険しい顔をしているぼくの横にシンジュが来てそう言った。

「う、うちあげって?」

ぼくは自分の頭の中を覗かれたような気がして、おたおたする。

「行事が終わったら、パーティーやるんだ。それがうちあげ」

「へぇ、シンジュが考えたの?」

「ううん、知らない大人。おれんちのお父さんは、めっちゃやする」

「遊ぶのとは違うの?」

「一緒だよ。遊ぶための理由だよ」

「ふうん」

「誰か呼びたい人いる?」

なんてすばらしいんだ、うちあげ。ぼくの思いを知っているとしか思えないシンジュの提案だったが、すばらしいことには変わりない。それなのにぼくは「まぁ別に」と言ってかっこつけてしまった。シンジュは、じゃあ鮎川と権ちゃんかな、といつものメンバーの名前を出した。

「あー、でもそのうちあげなら、いつも誘わないやつ、呼ぼうかな」

ぼくは口を忙しく動かしながら、バクバクの心臓でシンジュをみた。シンジュと目が合う時間がとても長く感じられたが、シンジュはいいねえ！　と気持ちよく答えた。

それからぼくが南優香の名前をどう出したのか、詳しくは覚えていない。おそらく「同じ木琴のやつ」とか、「いつも誘わない中でいま思いつくやつ」、などと曖昧に理由を言ったのだと思う。それから二分後には鮎川、権ちゃん、そして南優香の全メンバーがぼくの周りに集まっていた。こういうとき、シンジュはドッジボールが強い人気者であることを改めて感じる。

それぞれ荷物を教室にとりに行ってから昇降口に集合することになった。南優香のクラスは帰りの会があるらしく、みんなで南優香を待った。どうして急に南優香を呼ぶことにしたの？　と聞かれたら何て答えようかとドキドキしていたが、誰もそんなことは言わなかった。鮎川が得意げにリュックからとり出した、無限プチプチというおもちゃのキーホルダーを順番にぷちぷちしながら、南優香を待った。たしかに無限プチプチは、無限にぷちぷちできた。

十分か十五分待つと、「ごめんね〜」と南優香がパタパタ走ってきた。いつも机の横にかかっている真っ白のカバンを持っている。それがこれから学校の外で南優香を見られることを実感させ、ぼくの心は大きくはしゃいだ。もっと前から知っていれば、カレンダーに丸をつけてカウントダウンしたかもしれない。でもそしたらきっと、音楽祭の演奏が二の次になって失敗していたかもしれないから、結果これでよかった。

南優香のカバンは小さくて、本当にぼくと同じ教科書が入るのだろうかと心配していると、いつの間にかぼくの家で遊ぶことに決まっていた。

「え、ぼくんち？」

「だからそう言ってるだろ、晶は話きいてないときあるからな」

鮎川は言ったけど、そんなことはない。きっと鮎川も南優香の前でかっこつけているのだ。

「だめかな？」

南優香がぼくをみて言う。だめなわけがないのである。だめかな？　もう一度ぼくの脳内で声が繰り返される。だめなわけがないのである。だめかな？　南優香はぼくの目をみて言った……。だめなわけがないのである。

「晶、なんとか言えよ」鮎川が笑う。

「あ、ああ。わけないよ」

「なんだよそれ」

どうやらぼくの家に「プレステの人生ゲーム」と「ボードの人生ゲーム」の両方があることが決め手となったらしい。みんな一旦家に帰るのかと思いきや、権ちゃんの「帰ると往復一時間かかる」という一言で、全員ぼくのうちに直接行くことになった。権ちゃんに借りたスマホでマムカに電話をした。「はい、坪内です」というマムカの声がとてもよそ行きの声で驚いた。つい「あの、ぼくですけど」と言うと、それだとオレオレ詐欺になる、ボクボク詐欺だとみんなが笑った。ぼくはそれをあまり面白いと思わなかったが、南優香が笑う顔を見られたことがうれしくて、もう一度「ぼくです」と言った。みんなはまた笑った。マムカは「はい。どちら様でしょう」としっかり対応した。

「ごめん、坪内晶です。あなたの息子」

「わかってるわよ。でも詐欺対策、バッチリだったでしょ?」

「あれはお年寄りにするものだろ」

「想像してみなさいよ、ママよ、たすけて！　って電話かかってきたら、晶は対応しそう」

「あとで想像するよ」

ほんとは「ママってもう呼んでないから」と言いたいところだったが、それさえもみんなには聞かれたくないのでやめた。仕事に出かけているというマムカは、箱に隠してあるお菓子を特別に食べていいよとぼくに伝えた。それから「また隠す場所を変えなきゃいけないわね」と笑った。

　ぼくはだんだんと南優香が家にくることを現実として受け入れてきて、走り出したくなった。たぶんシンジュと二人だったら、走って帰っただろう。代わりにぼくは、シンジュが蹴っていた石を蹴って遠くに飛ばした。

「おいー」とシンジュは笑って、石まで走った。ぼくも追いかけて、また蹴飛ばして、と繰り返していると、いつの間にかほかのみんなと何メートルも離れてしまった。シンジュはまた石を遠くに飛ばしたが、ぼくは背筋をのばしてポケットに手を入れて、みんなが追い付くのを待った。「早いよー」と言って三人が小走りする。

「ごめん」とぼくは言って、でもまた走りたくなって、石を蹴ってこっちに向かってくるシンジュの元に駆け寄った。

　家に着いてもぼくはだいぶ舞い上がっていて、お酒をのんで酔っ払う気持ちって、こんな感じなのではないか？　と思った。どうぞ、と大人のようにドアを開け、ベランダから見える景色や、心地いいクッションの使い方を紹介したり、いつもマムカが言う「お茶のむ？」を代わりに言ったりして、みんなを存分にもてなした。その度に南優香は「きれい」とか「気持ちー」とか「飲むー」と、かわいく返答をした。ぼくはそれが聞きたくて次に何を紹介しようかと考えたが、シンジュが「お菓子はどこだ」と騒ぎだしたので、しかたなく考えるのはやめにした。シンジュも、うちあげを楽しんでいるのだろう。

マムカが隠していたらしい箱は冷蔵庫の上にあった。いつも夕食後にどこからともなく現れるお菓子は、ここにあったのか。ぼくは箱の中のキャラメルコーンやポテトチップス、オレオのクッキーをリビングに持っていった。プレステを持っているらしい鮎川がゲームの準備をしてくれていて、南優香はいつもぼくが座る椅子に座っていた。

みんなでする人生ゲームは、父ちゃんと一緒にするときよりもゆっくりと、自分の人生と照らし合わせながら進んだ。父ちゃんは攻略法を言いながらプレイするので、ほんとにただのすごろくゲームとして進む。それはそれで楽しいのだけど、ぼくは今回はじめてこのゲームをプレイしているような気持ちになった。

将来を選ぶ時期になると、鮎川はお金がほしいから医者になるとか、南優香は行きたい大学があるから勉強するとか、権ちゃんはゲームが古すぎてユーチューバーが職業欄にないとか、それぞれ将来なりたい職業の話もした。

ぼくは淡々とサイコロを振りながら、自分は何になりたいのだろうかと考えた。父ちゃんみたいに、自分の作ったものが雑誌に載るのはかっこいいけれど、それが何て名前の職業かは知らない。

兄ちゃんが部屋から出てきたのはその頃だった。

「あれ、お兄さん？　おじゃましてます！」

そう潑溂とした声で権ちゃんが言った。酔っ払っている気分のぼくは、兄ちゃんの姿を見てやっと、その存在に気がついた。

「あ」

兄ちゃんは小さく会釈した。ぼくはそれ以上動かないようにと、静かに願った。

「え、坪内くんと似てないー、ちょっと並んでよ」と権ちゃんがはしゃぐ。

「いいよ、そういうのは」ぼくは言う。ギリギリ笑って言ったように聞こえたと思う。

「あ、でも骨格は似てない？　おいくつなんですか？」

「あーっと」兄ちゃんは天井を向いた。権ちゃんは、え、と戸惑いながら同じように天井をみた。もちろん天井には何も書いていない。

「兄ちゃんいいから、じゃましてごめん」ぼくは兄ちゃんをリビングから追い出した。

「なに、じゃまってさー」

兄ちゃんがいなくなると、権ちゃんがすねたように言う。すると鮎川が「まぁまぁ、同じな」と気まずそうにぼくを見た。不幸なことに鮎川のお姉さんとうちの兄ちゃんは、同じ

ばった。

クラスであった。

「なんだよ」とぼくは笑う。それ以上話さなくていいようにオレオのクッキーを口にほお
「てゆか学校、お休みなの？」権ちゃんが言った。

「休みではないよ」鮎川が答える。

「あれ？　鮎川くん知ってんだ」

「知ってるってか、俺の姉ちゃん同じ学年だから。まぁ、人んちの話はいいじゃんか。晶だって大変なんだから」鮎川は、あからさまにぼくをかばうような口調でそう言った。

「え、わけあり？」

　鮎川の目線がぼくに向いたことがわかった。その空気は、クラスで誰かの陰口を言っているときの空気にとても似ていた。別に自分が知りたいわけでもないけれど、仕方なく話すね、というような無責任な空気。兄ちゃんが学校に行っていないことは、陰口にされるくらいのことなのか。それって、あんまりじゃないか。ぼくは鮎川のほうを振り向かないように、奥歯にオレオがはさまったふりをして、舌に集中した。

「ここまできたら、さすがに言わないほうが気まずいよな？」鮎川が言う。

「家で勉強してるってだけだよ、受験も、あるし」ぼくは答える。

「あゆ、わかった。不登校だ」

権ちゃんが、クイズに答えるように言う。鮎川はまたぼくを見たのかもしれない。

「まー俺が知ってる限りは、ね。いまはときどき行くんだっけ？」

「ううん、家で勉強してる」

なんだかこれじゃあ、南優香に嘘をついたみたいじゃないか。ぼくは、バレないように南優香の顔を見た。南優香は、ぼくのことなんか見ていなかった。

「大変だね。あゆの学年にもいるよね、不登校」

権ちゃんが、心配そうに言う。さっきからみんな、大変大変ってうるさい。

「あー。斎藤《さいとう》だっけ」

「うん。わたしのクラス」南優香も口を開いた。

「なんで来ねーんだろうな。いじめとかじゃないっしょ？」

「うーん、どうだろ。でもちょっとだけ、気持ち悪いところはあるの。なんていうのかな……えんぴつの後ろ、噛んだりするんだよね」

「それはキモいな」

鮎川はそう言って、フス、と鼻だけで笑った。その仕草に、いやな空気が濃くなる。換気でもしてやろうと立ち上がると、兄ちゃんがトイレから戻ってきた。どれくらい、聞こえていたんだろうか。

兄ちゃんはいつもみたいに線のついてないイヤホンをしていたが、途中で片方がポロっと落ちた。そばにいた鮎川は拾わずにイヤホンを見た。

「あ、すいません」

兄ちゃんはそう言って自分でイヤホンを拾った。イヤホンの左右を確認すると逆だったのか、左耳につけていたイヤホンを慌てて右耳に入れ、落としたほうを左耳に付け直した。

兄ちゃんの姿が見えなくなると、シンジュ以外の三人は何かを我慢するような顔で見つめ合っていた。誰か一人が噴き出したら、ほかの人もつられそうな顔。それを証明するために、ぼくが笑ってやろうかと思った。

「なんかでもわたし、今のはちょっとかわいいと思ったかも」数秒の沈黙のあと、南優香が突然言った。

「かわいいって、何が?」鮎川が言う。

「坪内くんのお兄さん。なんか動物みたいじゃない?」

「優香なに、年上好きなのー?」

「そういうのじゃなくて。犬みたい」

「優香のツボわかんなすぎー。あゆは同い年がいいー」

ぼくは南優香が何を言っているのか、よくわからなかった。もちろん、兄ちゃんやぼくをかばっているのとは全然違った。別に兄ちゃんはかわいく見せようとしてしゃべらなかったり、イヤホンを落としてしまったりしたのではない。

「いやあ、でも俺の姉ちゃんはけっこう――」

「鮎川の番だったから、進めといたよ」鮎川の言葉をさえぎって、シンジュが言った。

「え？　あ、おい、何してんだよー。待って、知力すごい減ってんだけど！」

鮎川が慌ててコントローラーを奪う。シンジュは「だって遅いんだもん」と言って笑った。それから兄ちゃんが来るまえに戻ったかのように、人生ゲームが再開した。ぼくだけが、まだゲームに戻れずにいた。鮎川が兄ちゃんに向けた目。兄ちゃんの落としたイヤホンを、鮎川は少し避けたように見えた。それはいじめられていた女子の手荷物すべてに、「菌がついている」と言ってみんなが触らないようにしていたこと、触ってしまうと「きゃー」と言ってほかの人の肩で拭くこと、拭かれた人も「きゃー」と叫んでまた別の人につけること。その一連の流れを思い出させる目だった。そんなことをされた兄ちゃんのことを「かわいい」と南優香は――

「晶！　つぎ」

シンジュがぼくにコントローラーを渡した。ぼくははっとしてシンジュをみた。

「晶、宝くじ買えば?」

「え、ああ」

「うそだよ、これぼったくりの宝くじだよ」

「あ、そうなの」

それでもぼくはぼったくりの宝くじ屋でたくさんお金を使い、圧倒的ビリでゲームを終えた。持ち主なのにビリになった、とみんな笑った。

みんなが帰ったのは稲荷通り商店街が光る前だった。稲荷通り商店街は、クリスマスなどのイベントに関係なくイルミネーションが街灯に巻かれていて、夕方五時になると光る。ぼくたちは外で遊んだ後はいつもこのイルミネーションを基準にして、光っていたら走って帰るし、光っていなかったら光が点くまでオカみちでだべるのがルーティンだ。しかし今日はみんな、誰もオカみちに寄ろうとは言わずに、静かに帰った。兄ちゃんが来たときのような気まずさは、あれから一度も生まれなかった。そんな空気にしたことさえも、忘れているみたいだった。ぼくは見送りを商店街までにして、真っ直ぐ家に走った。兄ちゃんに「さっきみんなが言ってたのは違うんだよ」と早く説明したかった。何が違うのかと言われたら、なんにも答えられないけど。

「ちょっと聞こえてるの？　静かにして！」

マンションの階段を一段ずつかけ上がっていると、上から大きな声がした。もちろん自分の世界とは関係ない声だと思った。しかしそれは、ぼくの家のドアを叩きながら怒鳴っている、大家さんの声だった。

ぼくは驚いた。これまで何度か大家さんとすれ違ったことがあるけれど、いつもマンションのエントランスを静かに掃き掃除している大家さんに、こんな声を出す一面、というか出せる力があるとは知らなかった。

「もういい加減にして！　いいですか？　わたし、言いましたからね！　つぎ苦情がきたら、終わりですよ！　今までの苦情の数も、記録してますから！」

ぼくはどうしたらいいかわからなくて、見えないように階段のかげに隠れた。そのあいだも、大きな石で叩いているのかと思うくらいドアは強く叩かれている。ドアが壊れてしまうと思うくらいだった。ぼくは出ていく勇気を出せずに、寒さか恐怖で震える手をにぎり合ってドアのほうをのぞいた。

大家さんはマムカよりうんと年上だけど、おばあちゃんとは言えないくらいの人で、いつもネコの柄の服を身につけている。ネコの顔がドアップで印刷されている服や、遠くからだと水玉模様に見えるけど、近くで見るとそのドットが全部ネコの顔だったカーディガン（柄に気づいたとき、思わず二度見した）、猫が巻き付いているようにみえるマフラーなど。きょうも、着ている。うしろ姿の大家さんの背中に、うしろ姿の白ネコ。ネコは姿勢をぴんと伸ばして座っている。バレエダンサーみたいにきれいな姿勢で座る白ネコは、大家さんよりずっと大人にみえた。

大家さんはドアを叩くのに夢中で、ぼくの気配には気づいていないようだった。ドアを叩けば叩くほど、大家さんの身体は大きく前後に揺れた。いまの大家さんに乗っかったら、公園にあるバネのついた馬の遊具よりも揺れを感じられそうだ。ぼくは目の前のお馬を倒すべく、白虎の技のひとつである「ホワイトサンダーテールアタック」を食らわせたいと思った。しかしあれはシンジュの痺れるふりがうまいから成り立っている技であって、大家さんにおみまいしたところでぽかんとされるだけかもしれない。というか、間違いなくされるだろう。こんな馬鹿みたいなことを一瞬でも考えてしまったことが恥ずかしくなる。

いま家にいるのは兄ちゃんだけだ。ということは、兄ちゃんが何かしてしまったのだろうか。でも大家さんの怒号を聞く限り、いま何かしてしまったのではなく、もうずっと何かしていて、ついに文句を言いに来たような感じだ。

汗が冷えてきたころ、大家さんは怒るのと叩くのをやめてぼくのほうを振り返った。そこでぼくはびっくりした。正面にあるはずの白ネコの顔が花になっていたのだ、つまり白ネコは顔がなかったのだ！　ぼくは尻もちをついた。出そうになった悲鳴を両手で押さえて、階段のかげに身をひそめた。もっと下の階へ逃げていきたかったけれど、腰をあげることなんてできなかった。大家さんは地面に足を引きずるように歩いているのか、コンクリートのすれる嫌な音がした。コンクリートに積もる砂や埃たちを悪の仲間にして引き連れているみたいだった。その音が大きくなるにつれて、ぼくの心臓はどくどくと動いた。

大家さんが真っ直ぐエレベーターに乗ってくれることを、ぼくは必死に願った。エレベーターは階段の手前にあるから、ぼくがこのまま息を殺していれば気づかれないはずだ。うちのマンションのエレベーターはとても狭いし、動くのが遅いし、夜だと鏡に何かうつりそうで怖いけど、いまはぎりぎり夕方だし、大家さんは一人だし急いでなさそうだし、エレベーターを使うに決まっている。

エレベーターをつかえ！　エレベーターをつかえ！　エレベーターをつかえ！　ぼくは心の中で何回も叫んだ。マムカは毎回エレベーターを使うから、それよりも年上の大家さんはぜったいにエレベーターを使うはずだ。エレベーターをつかえ！　エレベーターをつかえ！　エレベーターをつかえ！

しかし願いは届かず、大家さんは階段のかげで丸まって祈るぼくの前に現れた。

「わ！　きゃ、なに！　あ？」大家さんはいろんな驚きの言葉をぜんぶ大きな声で言った。

両耳を押さえたいくらいだった。ぼくはじりじりと体育座りの体勢になって、

「んちは」と言った。「こんにちは」すら今のぼくには言えなかった。

大家さんの顔はお風呂あがりのように真っ赤だった。汗をかいているのか、生えぎわのところを薬指でゆっくり拭った。

「あなた、坪内さんの下の子ね」

「は、」ぼくは「はい」のつもりで、ほとんどささやき声のような声を出した。しっかり受け答えができないことで、ドアのようにぼくの頭を叩いてきたらどうしようと思う。

「お母さんはどちらかしら」大家さんはため息をついてから言った。

「あ……いまは出かけています」

「知ってるわよ、そんなことは！　今いる場所を聞いているの！」

「は、」

ぼくは大家さんの顔を見たくなかったけれど、顔が花の白ネコを見ないようにするには、大家さんの顔を見るしかなかった。

「とにかく、ご両親に連絡するよう伝えて。もう何度目なの。ほんとに、あなたの家からね、毎日、毎日、うるさい音がするの。あなたのお兄さんが騒いでいるのか知りませんけど、毎回地震かと思うような音なのよ？　いい加減にして」

「え、」

「あなたに言ってもしょうがないけど、家族である限り、あなたにも責任ありますからね！」

大家さんはぼくに指を振りかざした。叩かれると思ってぼくは両目をつぶったけれど、薄く目を開けると指さしているだけだった。大家さんの顔はまだ真っ赤で、湯気がでているように見えた。

「いいわね！」とドアに向かってもう一度叫ぶと、大家さんはざりざりと地面を引きずりながら階段を降りていった。大家さんの背中からは、おばあちゃんの家に行ったときのようなお線香のにおいがした。ぼくはあわてて息をとめた。お年玉をくれる大好きなおばあちゃん家と、同じにおいだなんてぜったいに嫌だ。

大家さんの姿も、あの白ネコの姿も見えなくなると、急に周りの時間が動き出したように感じた。すいーと鳴る風が、残り少ない木の葉っぱを揺らす。ぼくはせっかく走って帰ってきたのに、家に入る勇気をなくしてしまっていた。立ち上がっても両足におもりがついているようで、歩くのも難しい。

やっとの思いで玄関にたどり着く。さっきまであんなに強く叩いていたのに、ドアには何も残っていなかった。なでてみても、へこみや傷もない。なんだか残らないほうが、卑怯に思えた。

大家さんの言う「うるさい音」は、兄ちゃんの走る音だとすぐにわかった。たしかに隣の部屋にいてもうるさいあの音だから、下に住んでいる人からすればたまったもんじゃないだろう。だけど、そんなに悪いことだろうか。そりゃ毎日うるさいのは怒られて当然なんだけど、それを兄ちゃんがわざとやってるんじゃなかったら、どうすればいいのだろう。

兄ちゃんが動くのは、頭の中でたくさん話しているからじゃないかと最近思う。それはぼくが南優香のことを考えていたとき、走りたくなったのでわかったことだ。ぼくには集中力がないから脳内で起こる会話は一瞬で終わってしまうけど、兄ちゃんは行動にうつすほど、脳内が集中しているんじゃないかと思う。それって、わざとできるものじゃない。

ぼくは立っているのに疲れてしまって、ドアに寄りかかった。とても冷たい。しばらくするとお尻が冷たくなってきて、手をお尻とドアの間にはさんだら、手も冷えきってしまった。身体全体が冷えてくると、なぜ家に入らないか疑問に思えてきた。かじかんだ手でドアを開ける。兄ちゃんは自分の部屋にいるらしく、姿は見えない。リビングはみんながいたときのまま、ゲーム機やお菓子の袋が残っていた。ぼくのコップに残ったお茶をのみ干し、一個ずつ片付ける。

家の中はエアコンがつけっぱなしになっていて、温まったぼくの身体から鼻水がたれた。

ティッシュの横にある電話をみて、マムカに連絡しなきゃいけないことを思い出す。

「こんどはなぁにー、もう帰るよー」

マムカの中のぼくは、まだ楽しさの絶頂にいた。そのぼくが、同じ日のぼくだなんて信じられない。マムカの中のぼくがいなくなってしまうのが悲しくて、いま起きていることを伝えるのをためらった。だけどそれだけでマムカには何か伝わったらしく、

「みんなもう帰ったのね?」と話し口調をかえて言った。ぼくは大家さんが来たことを伝えた。ほんとはとても怖い服を着ていたことや、今やっと身体があったまってきたことも伝えたかったけれど、マムカは「達は大丈夫? ごめんね。すぐ帰るから」と言って電話を切った。

プー、プーと音がする。なんだかぼくの心をさすように、責めるように響いた。そこでぼくはハッとした。ぼくもみんなの前では、兄ちゃんが動かないようにと願ったではないか。動いたら、鮎川あたりが「キモいな」と言うと思ったから。

ぼくは兄ちゃんがたくさん知識を持っていることも、すごく優しいことも知っているのに、動かないようにと願ったのだ。兄ちゃんのことを知っていても、動いていいこととそれは関係ないのだ。関係ない。関係ないのか。とても寂しいことだ。

いまのぼくに、兄ちゃんを助けることはできない。ぼくができるとすれば、「キモい」

と言った鮎川が医者になってもその病院には決して行かないこと、権ちゃんがユーチューバーになっても、決して動画を再生しないこと、それくらいだった。

＊

「昨日、たのしかったね」

授業と授業の間の十分休憩に、権ちゃんがぼくの席にきて言った。ぼくと権ちゃんの席がとなり同士だったのはもうずいぶん前で、ぼくはここ最近の席替えくじではずっと窓側の席を引いていた。十分休憩のあいだは冬でも空気の入れ替えで窓を開けなくてはいけないから、冬のあいだだけ窓側の席は、いちばん前の席に次いで悪い席とされていた。権ちゃんは手をすりすりさせて、「やっぱここ寒ーい」とひとり言を言う。

「きのう」

ぼくは長いあいだ兄ちゃんについて考えていたので、どこからが昨日なのか判別するのに時間がかかった。もちろん権ちゃんの言うことは正しくて、みんながうちに来たのは昨日だ。

「あのゲーム、またやりたいね。思ったんだけどさ、昨日やった通りに人生なったら、すごくない？　そしたらあゆ、ユーチューバーになれないから、それはやだけどさ」

「ああ」

「ってか、お兄さん大丈夫だった？　あゆたち邪魔してた？　でも坪内くんも言ってくれればいいのに、お兄さんいること。坪内くんも大変だよね。もうずっと家にいるの？　よくあゆたち呼んでくれたよね。まあ押しかけたみたいな感じか。ふふ、たのしかったね」

よくしゃべる女子だと思った。権ちゃんとはドッジボールとかドロケイとか、遊びを通してでしか話さないから、まじまじと顔を見たことはあまりなかった。かわいいはずの権ちゃんだけど、ペラペラと話す様子を見ていると、口の大きさはなんだか大きすぎるような気がしたし、いまつけているいちごの形をしたクリップみたいなピン留めも、前髪を留められるとは思えないからとったほうがいいと思った。

「え、無視？」

「ん？　ああ、いや」

「なに？　なんか怒ってんの？」

「おこってないよ」

「怒ってんじゃん。こっちはお兄さん大丈夫って心配してんのに」

「大丈夫もなにも、もちろん大丈夫だよ」

「なにその言い方」権ちゃんは、片方の腕をだらりと伸ばし、もう片方の手でひじのあたりをつかむ、だらけた腕組みをした。最近女子がするようになった、見下されている風にもとれる立ちかたにぼくも腹が立ってきた。

「なんだよ、さっきから。兄ちゃんが家にいるのってそんなに悪いの」

「悪いなんて言ってないじゃん、大変だねって言ってんの」

「大変じゃないよ。ふつうじゃん」

ぼくは昨日の自分を棚に上げて、権ちゃんにたいしてイライラした。

「まあ、ふつうではなくない?」

「ぼくんちでは、兄ちゃんがいるのがふつうだよ」

「うーん。あんま、自分の家のふつうが、ほかの人のふつうと同じと思わないほうがいいよ」

権ちゃんはいちごのピン留めをはずし、また同じところにつけながら言った。

「でもそれだったら、権ちゃんだってそうじゃん」

「なにが?」

「学校いくのがふつうって思ってるから、ぼくの兄ちゃんのこと、大変だ、なんて言うんでしょ?」

「は？　あゆが言ってるのは、みんながやることが『ふつう』ってことだよ。おかしいって思われるのがいやなら、みんなと同じことすればいいじゃん」

周りがぼくと権ちゃんの言い争いにだんだん気づいてきて、いろんな方向から視線を感じた。ぼくはこんな姿をたまたま通りすがった南優香に見られたら困るので、少し声を小さくして、

「家で勉強してるってだけじゃんか」と言ったけれど権ちゃんはまったく気にせず大きな声で、

「でも学校行ってないんでしょ？　コミュ障じゃん」と大きく肩を上げ下げして言う。

「学校行ってないのがなんでそんなにダメなの？　行くのが向いてないんだから、行かないでいいじゃん」

「だから、別にダメなんて言ってないじゃん。ママによく言われるけど、勉強とかより、元気に挨拶できるかのほうが大事なんだよ。だって社会人になったら、たくさんの知らない人と仕事しなきゃいけないんだから。気持ちよく仕事するために、コミュニケーションがいちばん大事だって。あゆのママ、中学の先生やってるけど、中学生にもそれ言ってるって言ってたよ」

ふんふんと鼻息を荒くして権ちゃんが言う。どうしたの？　大丈夫？　と周りから声が

聞こえる。

「コミュニケーション、できないひともいるだろ」

「ふーん。かわいそうね」

そう言い切ってから、するすると前髪からずり落ちてくるピン留めをはずした。ほらみろ、意味ないじゃないかそのピン留め。ぼくはそう思うだけで声に出すことはできなかった。あまりにも今までの会話と関係のないことだったし、「かわいそう」という言葉は長い間ぼくの喉をきゅっとしめた。

権ちゃんは言い負かしたことに満足したのか、「ごめん、言いすぎたね」と短く謝った。それは自分がぼくよりお姉さんになった気分で言っているのがすごくわかる言い方で、ぼくはますますムカついた。こんな風にぼくをイラつかせるんだから、権ちゃんだってコミュニケーションが得意なわけ、ないじゃないか。少なくともぼくは権ちゃんと気持ちよく仕事ができるとは思えない。キーンコーンの鐘と同時に先生が入ってきて、権ちゃんはさっきよりもっと高い位置にピン留めをつけて席についていた。

その日が六時間目まである日でよかった。授業が終わるともう夕方三時を過ぎているので、校庭で残って遊ぼうと言い出すやつもいない。みんな意外と塾や習い事で忙しいのだ。

いま権ちゃんと一緒に遊ぶことなんてできないので、ちょうどよかった。

こういう日、塾も習い事もしていないぼくは図書室で伝記マンガを借りていくことにしている。だけど今日はそんな気分にもなれなかった。図書室にはかなりの数の伝記マンガがあって、ぼくはもうほとんど読んでしまっていた。残り少ないぶんを、今日みたいなブルーな日に読んでしまうのはもったいない。ぼくは借りていた『ファーブル』を返すだけにして学校をでた。

兄ちゃんが家にいたらどうしようと、ぜったい家にいるのにぼくは思った。権ちゃんとの言い争いで、兄ちゃんが家にいることはふつうじゃないと、言葉になってしまった。言葉になってしまった途端、本当にそう思えてきてしまった。ぼくのせいだ。ぼくがみんなに兄ちゃんを会わせたから、こんな風になってしまったのだ。ぼくはいつもの道を、いつもより端っこを歩いて帰った。端っこは電信柱や看板や枯れた雑草があって歩きにくかったけれど、それくらいのことをしないと家に帰る資格はないと思った。

いつもより倍の時間をかけて家に帰ると、やはり玄関には兄ちゃんのローファーがあった。でも、いつもと違うところがあった。兄ちゃんより少し大きい革靴が、揃えて置いてあるのだ。手で揃えてきれいに並べる人はうちではマムカだけなので、きっとお客さんだろう。めずらしい風景に、ぼくはすこし緊張した。

そろりそろりとリビングのドアを開けると、兄ちゃんが男の人と軽やかに話していた。ぼくに向けるようなやわらかい表情をしていて、親しい相手であることはすぐにわかった。

「あ、晶」

兄ちゃんは言った。できるならお客さんの顔をみるまで、声をかけないでほしかった。

男の人が振り返って、

「お邪魔しています。カガミです」と言った。その大人な対応についぼくは、マムカが言うように「ごゆっくりどうぞ」と頭をさげた。カガミさんもまた頭をさげた。

カガミさんは兄ちゃんの友だちとは思えないくらい大人にみえた。そしてとてもきれいな顔をしていた。マムカが鮎川に言う「シュッとしている」など他の言葉で表すのはもったいなくて、まっすぐ「きれいですね」と言いたくなる顔だった。なかでもきれいなのは重そうなまぶただった。ぼくはこんな言葉を使ったことはないけれど、色気、があるように思えた。これまで女の人に使う言葉だと思っていた「色気」が、男の人にも使える言葉なのだとはじめて知った。もしかしたらまぶただけでなく、コーヒーの香りやぴったりなシャツがそう思わせたのかもしれない。だけどぼくもこれから年をとるなら、こういうまぶたになりたいと思った。

ぼくはカガミさんをチラチラみながら冷蔵庫の麦茶を飲んだ。見つめすぎて、口元からこぼれてトレーナーを汚してしまった。急いでタオルでふく。

兄ちゃんが敬語を使っていたことには驚いた。そりゃあ親戚で集まったときに話しているのは聞いたことがあるけれど、それとは種類の違う敬語だった。敬語を使っても二人のあいだに壁はなく、おまけで「です」や「ます」をつけているみたいだった。

「ちょっと、とってきます」兄ちゃんは突然立ち上がってリビングを出た。ぼくは急にカガミさんと二人きりになってしまった。話しかける勇気もなかったけれど、自分の部屋に戻りたくもなかった。伝記を借りていればリビングで読んだのに……と後悔していると、

「いきなり上がり込んでしまって、すみません」カガミさんが話しかけてくれた。

「ぜんぜん、いいです」ぼくはうれしくて、カガミさんに二歩近づく。

「晶くんは何年生？」

「小学五年生です」

「五年生」カガミさんはふむふむと頷いた。「僕は達くんの友だちです。向こうがそう思ってなかったら悲しいけど」

「兄ちゃんと同じ高校ですか」

「学校は卒業して、いま美術館で働いています。これよかったら、僕の名刺です」立ちあがったカガミさんは、後ろポケットから名刺を差しだした。ぼくは名刺をもらったことが

なかったので、はじめはカガミさんの持つ名刺をまじまじと見ることしかできなかった。

名刺には『学芸員　加賀美《カガミ》　治己《ハルキ》』と書かれてあった。下には隣町の住所と電話番号。

「よかったら、差し上げます」加賀美さんは名刺をなかなか受けとらないぼくに優しく言った。ぼくははっとして、六年生が卒業証書を受けとるときのように、両手で名刺を受けとった。

「ということは、加賀美さんは何歳ですか」ぼくは加賀美さんがしたように、名刺を後ろのポケットにしまってから言った。

「二十六です。どうしよう、ちょっと髭でもはやしてみようかな」

ほーんと、ぼくは相づちのような呼吸のような曖昧な息をついた。二十六はぼくの周りにはいない、完全な大人だった。

「晶くんは、絵を描きますか？」顎のあたりを触りながら、加賀美さんが言う。

「あまり絵はすきく、ありません。音楽はまぁまぁすきです」

「そうですか。僕は達くんの絵がとても好きで。見たことはありますか？」

「ある、あります。ぼくが話すと、その絵を描いてくれます」

「へえ、素敵な兄弟ですね」

「加賀美さんからみても、兄ちゃんは絵がうまい？」

「はい。特に風景画はすばらしいです」

ぼくはもう二歩加賀美さんに近づいて、それからもう三歩近づいて、椅子に手をかけた。

「兄ちゃん、すごく絵が上手だから、ぼくは画家になればいいと思います。いま学校に行ってないけど、画家になったら、みんなすごいって言うと思います」

ぼくははじめて兄ちゃんの絵のすごさをほめてくれる人に出会って、たぶん興奮していた。

「この前、ぼくの友だちが家に来たとき、兄ちゃんが家にいるだけで、なんか、こそこそ悪口を言ってました。兄ちゃんがすごい絵を描くことを知らないのに。でもぼくは何も言えなくて、だって、みんなが言うことも間違ってないというか、兄ちゃんはたしかに、学校に行ってないから」

加賀美さんはまたふむふむと頷いた。

「だからもし画家になったら、学校に行ってなくても、悪口言われなくなると思います。そうですよね？」

「うーん、どうだろう」

加賀美さんはしばらく考えてから「画家になっても言われるかもしれませんねえ」と申し訳なさそうに言った。

「ええ」ぼくは驚きと悲しさで、半歩後ろにさがった。

「でも、言わせとけっていう風に、思えるかもしれません」また少しのあいだ考えると、加賀美さんは先生のように言った。だけどぼくの学校の先生の口調よりもずっと優しく、ずっと柔らかかった。

「はあ」

「うるさいことを言ってくる他人の言葉を、聞き流す力がつくかもしれません」

「はあ」

ぼくが間抜けな相づちを打ってしまったからか、加賀美さんは少しほほえんだ。

「僕が晶くんの歳のときは、他人のことよりも遊ぶのに夢中だったので、晶くんのお友だちは、少しませてますね」

「たしかにみんな、将来の夢とか、あります」

「そうですか」

「ぼくはまだ夢はわからない」

そう言ったところで、兄ちゃんが紙とペンを持って戻ってきた。

「あっちで書いちゃいました」兄ちゃんが言う。

「いいね、見せてよ」

加賀美さんは兄ちゃんには敬語を使わなかった。ぼくはそれをうらやましく思った。

「笑えるね、このふざけた履歴書。受かる気ないでしょ」

「だって書くことないんすもん。なんで加賀美さんのところで働けないんですか」

「言ったでしょ。僕のところ高校生禁止だから」

「ごまかしてくださいよ」

「僕は嘘がつけない」

「それが嘘じゃないですか」

ぼくはやりとりを聞いてあ然としていた。兄ちゃんがぼく以外の人とすらすら話すのを聞くのは、何年ぶりだろうか。加賀美さんはどんな魔法を使ったのだろう。

兄ちゃんの持ってきた紙は、絵ではないようだった。別にぼくに隠すような仕草はないので、ぼくものぞきこむ。

「これなに」

「あー、これ、履歴書。バイトすんの」

「バイト！」

「金がほしくて。加賀美さんのコネで美術館で働かせてくれると思ったけど、無力だった」

「悲しいこと言うなよ、だから手伝ってんじゃんか」

加賀美さんはそう言って笑った。兄ちゃんも下を向いて笑う。加賀美さんは心配していたけど、二人はどう見ても仲のいい友だちだった。

「兄ちゃん、どこ受けるの？」

「まずはカフェ」

「カフェ！」

「カフェ？」加賀美さんもはじめて聞いたのか、ぼくより驚いた表情をしている。

「え、違います？」

「いや、いいけどさ。めちゃくちゃ接客業だから」

「人と話す練習も兼ねて？」

兄ちゃんはなぜか疑問形でそう言って、ボールペンで履歴書の文字をなぞり始めた。はじめてみる履歴書は書くことがたくさんあった。「学歴・職歴」は20行くらい書けるスペースがある。ぼくはまだ幼稚園と小学校しか書けないから、これからの人生はいろいろあるということだ。

加賀美さんは兄ちゃんが写真を貼るところまで見届けると、

「じゃ。あ、明日から藤田《ふじた》嗣治《つぐはる》展はじまるよ」と兄ちゃんに向かって言った。

「はーい、たぶん行きます」

「うん。晶くん、お邪魔しました」

「あ、はい、また来てください」

「ありがとう」

駅まで道わかりますっけ？　と兄ちゃんが気を遣った。加賀美さんは近くまでバイクで来たから大丈夫、と手をあげて玄関をしめた。ぼくはすっかり加賀美さんのことがすきになっていた。それを声に出していないのに兄ちゃんは、

「次くるとしたら年明けかな」とあくびをして言った。ぼくは今年のカレンダーの下にある来年のカレンダーをめくった。ぼくの予定は「始業式」と「給食スタート」だけだった。

「加賀美さんと兄ちゃんは、友だちなんだよね？」ぼくはそわそわと兄ちゃんに聞いた。つぎ加賀美さんが来たとき、教えてあげようと思ったのだ。

「あ、ああ」

兄ちゃんは走りだしそうなのをやめて、答えた。

「美術室の前に、校舎の絵が飾ってあるんだけど」

「高校の？」

「そう。それがなんか、なんていうか、無機質で良かったんだよ。きっと行事が終わって静かになった、日曜日の校舎なんだろうって。入学してすぐ、その絵見つけて、先生に誰

が描いたのかきいて、加賀美さんにたどり着いて」

「それで、働いてるとこまで行ったの？」

「いや、ときどき美術の授業の手伝いに来るって言うから、そのときに」

「へえ」ぼくは少し驚いた。美術館まで行かないにしても、兄ちゃんにそんな行動力があるなんて意外だ。

「それで、仲良くなったの？」

「うん、まあ、昼飯おごってくれたり、美術館無料で入れてくれたりするんだけど、なんか」兄ちゃんはそこで一回天井を見た。ぼくは兄ちゃんの言葉を待つ。

「俺の絵、良いって言ってくれて」

「うん」

「ときどき、絵も見せてる」

「へえ」ぼくはうれしくなった。うれしくなって、学校に行ってなくても兄ちゃんに友だちがいるならそれでじゅうぶんふつうだと思って、

「加賀美さん以外にも見せたりしてるの？」といままでの質問とおなじ勢いで聞いた。

兄ちゃんはその瞬間、急に冷めた顔になって「しないよ」と答えた。

「あ、そういうことじゃなくて」ぼくはあたふたして付け足す。

「べつに、わかってるよ」兄ちゃんは静かに言った。わかってるって、何をだろう。ぼくはまだあたふたしていた。兄ちゃんはそんなぼくに構わず、

「じゃあちょっと、面接の準備するわ」と言って部屋に戻った。

やってしまった、と思った。ぼくは、兄ちゃんが実は学校に行っていてみんなに絵を見せているとか、授業に出てないだけで友だちがたくさんいるとか、そんなことを期待していたのだ。なんだかそれって、権ちゃんみたいじゃないか。学校に行ったほうが、いいと思ってるみたいじゃないか。

ぼくの悩みは最近こればっかりだ。兄ちゃんのバイトがうれしいのだって、いやな理由かもしれなかった。兄ちゃんが楽しそうなことがうれしいんじゃなくて、バイトして、人と話せるようになって、権ちゃんの言う「コミュ障」じゃなくなるかもしれないことが、うれしいんじゃないかと。そんなの権ちゃんすぎる。ぼくは権ちゃんみたいにはなりたくない。

どすどすと短く走る音が部屋から聞こえる。面接の準備は、してないかもしれない。ぼくは大家さんが来ないかと玄関のほうを確認した。しんとしている。鍵をかけたか心配になったけれど、玄関に行くとしっかりかかっていた。

昨日あれほど怖い思いをしたのに、やはり兄ちゃんは走るのをやめられない。それとも、

昨日は耳にイヤホンをしていて大家さんの声は聞こえなかったのだろうか。それはそれで怖い思いをしてないからよかったのかもしれない。でも、大家さんはもちろん聞こえたと思って今日を生きている。聞こえていないほうがいいのか、聞こえていたほうがいいのか、わからなくなってきた。

大家さんがスペアキーを持ってくるかもしれないので、一応チェーンもかける。ドアについている覗き穴から外を見たけれど、とりあえず人影は見えない。

リビングに戻ると兄ちゃんの部屋からまた走る音がする。たぶんあと一回走ったら、本当に大家さんが来るような気がする。バイトをしたら、これもなくなるのかな。ぼくはこりずにまたそう思ってしまった。

*

クリスマスはみんなに人気の季節だけど、ぼくもすきだ。なぜならクリスマスのあとにはお正月があるからである。大人たちがあんなにはしゃぐのも、そのせいだと思う。言うなればクリスマスは土曜日なのだ。明日も休み、なのだ。もしクリスマスが六月二十五日でお正月から遠かったら、ここまでキラキラしないと思う。ぼくは窓にうつるイルミネーションを見ながら、この発見をどういうきっかけでみんなに話してやろうかと考える。

「おれ、やっぱりジンジャーエールでもよかったな」

席についても、メニューの看板を見つづけているシンジュが言った。ぼくはシンジュを誘ってカフェに来たのだ。自分のお小遣いだけではもちろん足りなかったので、マムカに「調査代」だと言って追加のお小遣いをせがんだ。マムカは「調査結果を発表すること」という条件で500円をくれた。

ぼくたちは先ほどまでさんざんメニューで悩みつづけた。その間にお客さん三組がぼくたちを抜いていった。一組はおじさん二人、もう二組はカップルだった。子どもだけで来ているのはぼくたちくらいで、それをぼくは誇らしく思った。悩みぬいたあげく、二人ともクリームソーダを頼んだ。

「もう遅いよ、頼んじゃったから」

「まあね」シンジュは大人みたいに腕を組んだ。子どもだけでカフェに行くのはシンジュもはじめてのことらしかった。ぼくたちはいつもより姿勢よく会話する。

「カフェって同じような名前ばっかだよな。晶、どれか飲んだことある?」

「あんま、ないかな」あんまというかひとつもなかった。同じような名前というのはたしかにぼくも思っていた。メニューがなかなか決まらないのもほとんどそのせいだ。

「まず、カフェオレはコーヒーに牛乳いれたやつだろ」

シンジュがメニューを指さしながら言う。

「カフェモカは?」

「それはコーヒーの種類のひとつ」

「カプチーノは?」

「それもコーヒーだろ。たぶんそっちはイタリアのコーヒー」

「カフェモカはアメリカ?」

「アメリカはアメリカーノだろ。カフェモカは、きっとフランス」

「フランスっぽいね」

「だろ?」

シンジュは「カフィ、ミカ」とフランス語っぽく言った。フランス語がどんな言葉かわからないけれど、とても、っぽかった。届いたクリームソーダはさくらんぼとパイナップル、バニラアイスものっていて南の島みたいだった。ぼくはバニラアイスを溶かしながら味わい、もし兄ちゃんがカフェで働きはじめたら家でもこれを飲めるのだろうかとわくわくした。シンジュは「ジンジャーエールにしなくてよかった」とさくらんぼを口にくわえながら言い、バニラアイスを三口でたべた。

「次はカフィミカに挑戦しようと思う」とぼくはシンジュに向けてかっこつけたが、本当は絶対クリームソーダにしようと思っていた。しかしそのあと、シンジュとカフェに行くことはなかった。兄ちゃんはカフェのバイトに落ちたのだ。

ぼくは不合格の可能性など一度も考えずに、調査結果としてマムカにクリームソーダの美味しさを語ってしまっていた。「じきにうちもカフェになるよ」と気どったことまで言ってしまい、恥ずかしいと同時に兄ちゃんが気にしていないか不安だった。だけど兄ちゃんが悲しんでいる様子はなかった。

次に兄ちゃんが受けたバイトは、CDショップだった。たしかに兄ちゃんはいつも音楽を聴いているから、カフェより断然CDショップのほうが向いている。ぼくは次の日からCDショップを訪れるようになった。しかし街にひとつしかないCDショップは、家から離れた場所にあるのに加え、地下にあった。兄ちゃんはこんなところで働けるのかと心配になる。

入口に向かう階段は狭くて暗く、見るだけでどきどきした。初日は階段を降りることすらできず引き返した。二日目は一段降りることができたけど、階段の壁にはぎっしりとポスターが貼られていて、どう考えても一人で降りられる階段ではなかった。

「おれんち、CDあんましかけないけど行く」

結局ぼくはまたシンジュを誘っていた。ＣＤショップを知っているかと聞くと、

「あの、くっっら〜〜いとこだろ」と怪談話をするように言った。

「どんなとこだった？」

「入るわけないだろ。一度入ったら、出てこれないって噂だぜ？」

「それはまずい」

兄ちゃんがＣＤショップの袋を持っているからそんなことはあり得ないのだが、階段の暗さを考えると可能性がゼロとも思えない。それでもぼくたちは、怖いものみたさで店に行くことにした。兄ちゃんが生還したのも、たまたまかもしれない。

階段はなんとか降りることができた。ポスターは破れているか色が落ちて真っ白になっているものばかりで、一人で降りていたらぼくは恐怖で足をすべらせていたかもしれなかった。入口の前にたどり着いたぼくらは、背後から撃たれないようにランドセルとリュックをそれぞれお腹にかかえて、背中合わせになってドアを開けた。音がしないように慎重にドアを開けると、ドアについている大きな鈴がシャラシャラと鳴った。ぼくは心臓が飛び上がったけれど、それを安心させるような愉快な音楽が店内で流れていた。

拍子抜けするぼくの隣で「油断するな！　晶」とシンジュは強くささやいた。時間をかけてお店を一周したが（シンジュがいちいちＣＤの棚に隠れるからだ）、怖い大人はもち

ろんいなかった。シンジュも女子高生が二人ならんでCDを選んでいるのを見て、

「シロだ」とグーサインを出した。

それから、ぼくたちの興味は一気にお店からCDに移った。「試し聴きできます」と、かくかくした字で書かれた紙がところどころにあり、ヘッドホンが置かれている。お店の人に許可をもらおうとしたが、どこにも見当たらない。「試していいよな」「いいよね」とシンジュと確認しあい、聴くことにした。耳にあてるところがはげていて、かなり使い込まれているようだ。シンジュは「全部聴こ」と言ってひとつひとつを手にとった。ぼくも試しに耳にあててみる。英語だからなんて言っているかわからないけど、いろんな人の声が使われていてかっこいい。兄ちゃんが聴いているのってこういう曲なんだろうか。

兄ちゃんにはぜひここで働いてほしいと思う。安全はぼくが保証する。もしここで働きはじめたら、リビングでもこの曲を流してくれるのだろうか。英語の意味はわからないけど、んー、んんー♪　とならぼくも歌える。

「ありがとう、ついてきてくれて」

ぼくたちは結局すべての試し聴きをして、店を出た。試食だけしたみたいで後ろめたかったけれど、CDはとてもじゃないけどお小遣いでは買えなかった。

「なんも悪いとこじゃなかったな」

「うん」

じゃ、とぼくが手を挙げかけたところで、

「あ――――」とシンジュがいきなり、うめくような声で言った。

「なに、吐くの」

「ちがうけど。家帰んのやだなあー。勉強しなきゃいけないー」

単純な理由にぼくは笑った。

「そんなに嫌いなの、勉強」

「きらい。でも晶、これは笑い事ではないのだ」

「だって大げさなんだもん。シンジュは中学受験すんだっけ？」

「お母さんうるせえんだよ。でもおれはサッカーがしたいんだよ」

「すればいいじゃん」

ちがうんだよー、とシンジュは伸びをして言った。

「晶んちはさ、個性いかされる系じゃん。おれんちは、まず勉強系、だから。勉強しなきゃいけないのは、今日とか明日だけの問題じゃなくて、あと十年くらい続くんだよ」

「ぼくの家でも宿題やった？　とか言われるよ」

「そうじゃなくって、ほら将来とかさ。お兄ちゃんゲイジュツ系だろ？」

ひとくくりにされるのは、なんだかいい気分じゃなかった。でも兄ちゃんがゲイジュツ系であることは確かだ。それにしてもよくわかったな、と思う。

「前に権ちゃんとかが、お前のお兄ちゃんのこと変な風に言ったけど、おれは晶のお兄ちゃんのこと、うらやましいよ。だって勉強しないで好きなことに集中できるんだろ、最高じゃんか。おれんちのお母さんは、勉強して選択肢を広げるの！　って、そればっかだもん」

「そうなのかなあ」シンジュの言っていることはわかるけど、納得はできなかった。兄ちゃんは最高なのだろうか。

「おれもサッカーだけしたいよ、嫌いなことをやらなくていいなんて、最高だよ」

シンジュは六年生になったら通っているサッカークラブを辞めさせられるらしい。たしかにそれは辛いことだけど、シンジュがサッカーを許してもらえないのと、兄ちゃんが絵を描くのを許してもらっていることは、違う話に思えた。

「サッカー選手になれるとは約束できないけどさ、練習しなかったらそもそもなれないじゃんか。な？」

シンジュが同意を求めるように言うので、曖昧にうなずく。それから、ぼくにはいろんな選択肢があるのに将来の夢がないことが、悪いことに思えてきた。鮎川や権ちゃんは夢があるし、南優香やシンジュは勉強をしているのに、ぼくだけさぼっているみたいだ。

「でもまた行こうな、CDショップ」門限である五時半に近づくと、シンジュは諦めた顔でそう言って、走って帰っていった。


シンジュが「最高だ」と言った兄ちゃんは、そのあと短い間に郵便局、薬局、コンビニと次々にバイトを受けては落ちた。ぼくは郵便局も薬局もコンビニも、シンジュは連れていかずにひとりで行った。郵便局に一人で入るのは緊張したけれど、さすがに郵便局となるとシンジュに行く理由を聞かれるだろうし、理由を話すのは兄ちゃんのためにもやめたほうがいいと思った。入るだけではいけないと思って、郵便局では63円の郵便はがき、薬局では68円のジュース、コンビニでは10円ガムを買った。

「達、バイトの面接受けるのやめたみたい」

久々に早く帰ってきた父ちゃんに、マムカがこそっと言った。父ちゃんは「そうか」とだけ言ってコーヒーをすすった。ぼくはつい読んでいた伝記マンガから顔をあげてしまったけれど、急いで視線を戻した。

かわいそうね。

権ちゃんが言った言葉が、ふっと頭に浮かんだ。頭を横にふる。権ちゃんたちや大家さんだけでなく、バイト先の大人も兄ちゃんを受け入れなかったことがショックだった。バイトの面接というのは、初対面の大人、つまり兄ちゃんが走ることを知らない大人がするのだ。その大人たちも、兄ちゃんを受け入れなかった。

ぼくはどこかで、ふつうの大人なら兄ちゃんの良いところに気づいてくれるのだと思っていた。たとえうまくしゃべれなくても、それと仕事は関係がないと思っていた。

「でも挑戦して、えらいよ」父ちゃんは言う。父ちゃんとマムカは、ぼくのようにショックを受けているようには見えなかった。兄ちゃんが受かることを、あまり想像していなかったみたいだ。

なんだかぼくの周りは、人と話すとかいうコミュニケーションをとることだけ、高いレベルが必要らしい。五十メートルを二十秒かけて走ってもいいのに、人の目を見て話せないのはだめ、みたいな。兄ちゃんはとってもとっても優しくてとってもとっても物知りで絵を描くセンスがあるのに、コミュニケーションをとれないから、仕事をさせてもらえないのだろうか。

＊

クリスマスが終わると、日本は一気に日本になる。なんというか、本格的に日本文化を街に出しはじめる。稲荷通り商店街のお店に貼られる「迎春」という字は、春が入っているから好きだ。冬に思う春は、とてもいい季節だ。もうぼくは春がどんな季節だったかを忘れているから、ほんとは七、八日しかない、あの寒くも暑くもない素晴らしい温度の日を、ぼくは春の代表の日として記憶している。

先日のクリスマスは、ぼくは兄ちゃんと加賀美さんとシンジュでケーキを食べた。とても不思議な組み合わせだけど、ぼくの親友と兄ちゃんの親友（かは知らないけど）だけあって、すぐに打ち解けた。約束して集まったのではなく、シンジュがクリスマスにもらったゲームをぼくの家でしていたら、兄ちゃんと加賀美さんがケーキをたくさん持って帰ってきたのだ。

「僕の勤務先に一人派手なやつがいまして、そいつが毎年クリスマスパーティーとやらを主催するんです」

ふう、と疲れたように指をストレッチしながら加賀美さんは言った。まぶたはいつもより重たそうで、余計に色気があった。

毎年開催されるそのパーティーにまったく乗り気じゃない加賀美さんは、自分より乗り気じゃない人を巻き込もうと思いつき、兄ちゃんを連れて行ったらしい。ギリギリまで行かないと決め込んでいた兄ちゃんも、「ローストビーフもある」という一言で行くことに決めたという。たしかにローストビーフは、家では一生食べられないもののひとつだ。兄ちゃんはビンゴの景品だったというトナカイの角のカチューシャをつけていた。

ぼくはシンジュと兄ちゃんを会わせることに少し緊張したが、シンジュはケーキを目の前に「加賀美さん様々！」「晶のお兄ちゃん、トナカイ似合う！」と踊っていた。シンジュはこういうやつだから、ぼくは一緒にいるのだと思う。

「お前らにもあるよ」

兄ちゃんは紙袋からビンゴで余った景品をひとつひとつとり出した。サンタひげ、ケーキの帽子、バネに雪だるまがくっついている髪飾り。ぼくは雪だるま、シンジュはサンタのひげをつけた。最初は断っていた加賀美さんも、ぼくたちを見て諦めたようにケーキの帽子をかぶった。

こんな風にクリスマスを満喫したのは久しぶりだった。ぼくの家では、クリスマスっぽいことをあまりしない。枕元のプレゼントはあるけど、ローストビーフはもちろん、ケーキもツリーもない。そのくせ、お正月は鏡もちにしめ飾り、門松とたくさん飾り物をする。クリスマスツリーの飾りつけのほうが何倍も楽しそうなのに、マムカは、「クリスマスの飾り物は意味がありすぎて覚えられないから嫌。お正月飾りの意味はシンプルだもの」と話を聞いてくれない。ぼくは飾りつけの意味を知らなくても、高いクリスマスツリーのてっぺんに星をのせたいだけなのに。でもおかげでぼくは、お正月飾りが神様を迎える目印であることや、おそなえの意味があることを覚えた。

ぼくたちはそのあと、残ったシートを使ってビンゴをした。このシートも、兄ちゃんが持って帰ってきた。どうやら兄ちゃんは一人だけ高校生だったということもあり、残り物をとにかく全部貰ってきたらしい。兄ちゃんはぼくでもわかるくらいにはしゃいでいて、「じゃあ最初にビンゴになった人に、加賀美さんから早めのお年玉で」と提案した。加賀美さんは一度だけ「えー」と形式的に言うとすぐにお財布から千円札を出した。兄ちゃんは金額に不満そうだったけれど、ぼくとシンジュが「おー！」と大拍手をおくったので加賀美さんは、

「よし、じゃあ僕がてきとうに数字を言いますから。まず真ん中を開けてください」とはりきって数字を言った。

長い時間、加賀美さんはいろんな数字を言ったのに誰もビンゴにならなかった。ぼくは「276」がくればダブルビンゴだったけれど、その数字は加賀美さんの頭から抜けていると思うくらい出てこなかった。結局じゃんけんで勝敗を決めることになって、一発でぼくが勝った。ぼくが大喜びでジャンプし、シンジュがアザラシみたいに床に寝そべって悔しがるあいだ、加賀美さんは兄ちゃんが貰ってきた折り紙を一枚使って、簡単なポチ袋を

作ってくれた。

「来年もよろしくお願いします」加賀美さんはそう言って両手でお年玉をくれた。ぼくは「はい！」と大きな声で返事をした。お年玉もそうだけど、来年も加賀美さんに会えることがうれしかった。

家族以外の人と会うのはその日が最後で、お正月までのカウントダウンは家でやることがたくさんある。まずはぼくの部屋の大掃除、つぎにリビングの窓拭き（上は父ちゃん、下がぼくが拭く）、それから宿題半分、そしてお正月の食べものの準備。ぼくはお餅を小さくちぎってわけるのが担当だ。

毎年やっているのにコツをつかむのは五個目くらいからで、この辺りからやっと均等な大きさになってくる。ちょうどその五個目ができたとき、ピンポーン、とインターホンが鳴った。宅配便がきたときの軽やかな音だったので、ぼくはおしぼりで手をふいてマムカのあとをついていった。宅配便はたいてい父ちゃんの趣味である地方のお酒なのだが、それと一緒にお菓子が入っていることが多いのだ。父ちゃんは「その県を想像して酒を呑むと、もう旅行」と言うので、ぼくもこれまで新潟を想像しながら笹団子を食べたり、静岡を想像しながらうなぎパイを食べたりしていた。だけど今回ドアの向こうにいたのは大家さんだった。ネコのマフラーを巻いている。

「あ、こんにちは」

マムカはそう言って、ぼくのほうをみた。大人の顔をしている。子どもは戻ってなさいね、と大家さんにバレないように言っているのだ。つっかけの靴を履くと、玄関の外に一歩でた。外から入ってきた空気が冷たい。エアコンで温まっていたぼくは靴下を脱いでいたので、立っているだけで風邪をひいてしまいそうだった。だけどぼくは動けずにいた。聞いちゃいけないと思う気持ちと、聞きたいと思う気持ちがちょうど同じだった。玄関のドアが閉まりそうになるとマムカはドアを押さえて、

「晶は戻っててね」とぼくに念押しした。


「お酒じゃなかった?」

リビングでパソコンをしていた父ちゃんは、会話が聞こえていたのか、それともぼくの表情でピンときたのか、そう言った。

「うん、大家さんだった」

「そうか」

父ちゃんはコーヒーをひと口飲むと自分の首をポキ、と鳴らして席を立った。それから

布みたいにひらひらと、音もなくリビングを出た。父ちゃんがいなくなると、部屋の豪華さも下がってしまった。あんなに細いのになんでだろう。レアだから、だろうか。部屋にひとりぼっちになってからは、まったくお餅をさわる気になれなかった。せっかく年末のお昼なのに、いやな感じだ。きっとひとりぼっちの気持ちが、いやな気持ちも連れてきている。

この前大家さんが来たとき、マムカは兄ちゃんの部屋で何か話しているようだった。だけどその話がなんだったのかは、まったく教えてくれなかった。今回もどんな話をしたのか、教えてくれないのだろうか。どうして大人も内緒をつくるんだろう。内緒が好きなのは、暇を持て余している子どもだけだと思っていた。ぼくのクラスでもひそひそ話をするやつとか、こっそり手紙でやりとりしているやつがいる。みんな少しだけ得意げな顔をして。ぼくはその顔が好きじゃないけれど、どんなことを話しているのかは聞きたいし、自分に内緒話をされたときは、ちょっとだけ嬉しい。でも、そのちょっとだけ嬉しいと思っていることは、好きじゃない。内緒話を聞いて嬉しいと思う自分は、大人になったらいなくなってほしい。

ぼくが内緒話に敏感なのは、兄ちゃんのお父さんが父ちゃんじゃないという大きな内緒を隠されているからであろう。ぼくはときどきそれを思い出しては、兄ちゃんのふざけた嘘であることを願っている。だけどこんなに内緒が増えていくなら、今日にでもその話をしたっていいんだぞ、と思う。これをおどしにして、大家さんとの会話を教えてもらおう。大人だけが子どもに内緒を持っているだなんて、思うなよ。

一度廊下に出てみる。大家さんの声は聞こえない。フローリングを、裸足でなぞる。ぼくの家の廊下は木のつなぎ目がよくわかるタイプのフローリングで、ぼくはときどきこのつなぎ目を裸足でなぞる。たいていはマムカに怒られたあとや、シンジュとどうでもいいことでケンカしたときなど、寂しい気持ちのときが多い。いまなぞっているということは、ぼくは寂しくなっているのか。そう思うのもなんだかムカつくので、ぼくはリビングに戻り録画していたアニメを観はじめた。エンディングテーマが流れる少し前に、マムカと父ちゃんは戻ってきた。

「寒いー、お茶ほしい人ー」

お餅の作業を止めてアニメを観ているぼくを、マムカは怒らなかった。それどころか、返事をしなかったぼくの分までお茶をいれてくれた。

「達もお茶飲むかな。晶、呼んできて」

ぼくは言いたいことがたくさんあったけれど、アニメを観ていたし、お餅はわけていないし、お茶はいれてもらったしで、ぼくよりマムカのほうが優勢だった。仕方なく立ちあがる。

「兄ちゃん、お茶だって」

ぼくは久しぶりに、ノックと同時に兄ちゃんの部屋に入った。同時に部屋に入れたのは、きっとマムカと父ちゃんにむかむかしていたのと、ほんの少しアニメで気が休まったからであろう。

久々に入る兄ちゃんの部屋は、以前と比べものにならないくらい、たくさんの絵が壁に飾られていた。絵はほとんど木の絵だった。葉がついていない裸の木や、細く折れてしまいそうな木、緑の生い茂る木、緑が少ないけどついている木、黄色く紅葉している木。兄ちゃんの部屋は森の中みたいだった。

兄ちゃんはスケッチブックではなく、厚みのあるボードのような紙に色を塗っていた。兄ちゃんに近づくと、美術室のような油っぽいにおいが強くなった。

「兄ちゃん、お茶だって」

もう一度ぼくは言った。兄ちゃんは「うん」とぼくをちらりと見ると、

「晶、たぶんこのあと母ちゃんたちはあの話をする。と思う」と言ってボードを床に置いた。

「あの話って?」

「俺の父さんの話」

「え」

じゃあそれってやっぱり本当の話なの？　ぼくは困ってしまった。おどしとして使おうとしていたのも忘れて、嘘であることをしつこく願った。

「まあ、あと、他にも発表するかな」

「発表って、なに？　いいこと？」ぼくは焦って聞く。

「うーん、人によってはいいこと」

「なに？」

「母ちゃんから聞けるから、いまは待って」

「そうやってさ、またぼくには内緒にするんじゃないの？」

「今回についてそれはないな。言わなきゃしょうがないことだから」

「きっと言わないよ。いつもぼくは聞けないんだから」ぼくの感情が兄ちゃんに伝わるように、顔を大きくゆがめた。

「じゃあこのあとその話になっても、ファーストリアクションとれるなら話してあげる」

「ファーストリアクションって？」

「はじめて聞いたみたいにすること」

「知ってるのに?」

「それができないなら、だめだ。大人が簡単に大事なことを話さないわけは大きく二つあるけど、一つがこれだ。知るべきタイミングで知ってもらわなきゃ、いろいろと厄介になる。なんであなた知ってるの? どこからきいたの? ってな」

「なんだよそれ、どうせ知るんじゃないか」

「うん。でも揉めるんだよ」

「大人ってめんどくさいね。じゃあファーストでやるよ」

ただの内緒話なのに「簡単に大事なことを話さない」と言われると、大人が我慢して黙っているみたいじゃないか。話されないこっちのほうが辛いのに。

「簡単に言うと」

兄ちゃんはぼくのほうに身体を向けた。それから、ぼくを上から下まですーっと見た。ぼくをはじめて見るみたいに。それからぼくの足元に視線を落としたまま、

「俺、来月から秋田に住むんだ」と言った。それから「すまん」と頭を下げた。

「なに?」ぼくには言っている意味がぜんぜん理解できなかった。文章単体の意味はわかるけれど、兄ちゃんがそれを言う意味はわからなかった。「明日から怪獣を倒しにいきます」と宣言されたようなものだった。

「ど、どういう?」

言葉が破裂するみたいに、ぼくの口から勝手に出ていった。兄ちゃんはまだ黙って頭を下げている。ぼくは短い言葉を発しながら、兄ちゃんのつむじを見るしかなかった。とてもきれいな白いつむじだった。このつむじから目を離したら、いま言ったことが現実になってしまうと思って、意地でも離さないようにした。しかしぼくが目を離すのより先に、兄ちゃんが頭をあげた。兄ちゃんは湿った顔をしていて、何かを言いたそうに口が半分開いていた。けれどぼくのお腹あたりを見ているようで、目は合わない。

ぼくのふくらはぎが、どくん、と痙攣したと思ったら、つま先からふくらはぎにかけて、虫が這いあがってくるかのようにぞくぞくと震えが走った。兄ちゃんの部屋の隅にずっと置いてあったらしい落ち葉が、カサ、と小さく音をたてた。その微かな音に反応してぼくの心臓はどくどくしはじめた。ぼくは胸に手をあてて心臓が治まるのをまっていると、今度は横っ腹が痛みはじめた気がして、逆の手を横っ腹にあてた。

「晶は、ここに残ってね」ぼくの祈りは通じず、兄ちゃんは嘘だとはちっとも言わなかった。ということは、「秋田」もほんとということだ。そんなの父ちゃんのお酒旅行みたいに遠いところだ。たしか北海道の下の、青森の、下。

「なんで、急にそんな、なんでさ」

「まあ、ようは追い出されるって感じ？」兄ちゃんはぼくのショックを和らげようと、少しほほえんでいる。そんなの、まったく効果がないのに。

追い出されるのは、ぜったいに大家さんのせいだと思った。さっきまでマムカが大家さんと話していることも、良いことではないくらいぼくもわかっていた。だってあんなに声を荒らげて、あんなにドアを叩いて怒っていた人だ。きっとさっきだって静かなだけで、悪魔みたいな表情をしていたに違いない。

「でも、追い出すなんてこと、できるの？」まだうるさく動く心臓をおさえながら、ぼくは言う。

「できるんだよ」

「じゃあ、なんでぼくは行かないの？　家族みんなで行けばいいよ」

「晶は学校があるだろ。それに、みんなで引っ越せる金があるならとっくにそうしてるよ」

「なんでよ、さっきから、意味、ぜんぜんわからないよ」

「……大人が内緒にするもう一つの理由は、子どもが理解できるように説明できないからだよ」兄ちゃんのほほえみは、だんだんと悲しみを帯びてきた。そんなこと言われても、理解するまで説明するのが大人の役目じゃないか。

「兄ちゃんはなんでそんなに、平気なの」

「なにが？」

「秋田にいくこと」

「秋田は、おれが選んだから」

「でも、追い出されなかったらまだこの家に住んでたでしょ？」

「そうかもしれないけど」

「なんで、それで追い出されるのが、平気なの」

「抵抗しても無駄だから」

「わかんないよ、そんなの」

「わかったんだよ、もう」兄ちゃんの語尾は静かだけど鋭く、ひゅんと鞭を打ったみたいだった。

「わかんないよ」つられてぼくも語尾が強くなる。「兄ちゃんの絵も見てない人たちに、いろいろ言われるの、悔しいじゃん。ぼくは、もっと兄ちゃんはすごいこと、みんな知れば何も言わないと思う、兄ちゃんもそれをもっと、みんなに言えばいいと思う」

こんな風に言い争いをするのははじめてかもしれなかった。ひゅー、すー、ひゅー、すー、と荒れた鼻息が、ぼくと兄ちゃんから聞こえる。

「晶は、人と話せるから」

「なにそれ」

「しゃべりで、人に伝えられるって、すばらしいことだよ」

兄ちゃんが言うことが言い訳にしか聞こえなくて、ぼくはだんだん腹が立ってきた。

「兄ちゃんだって、こうやってしゃべればいいじゃん」

「自分が簡単にできることを、人もできると思っちゃだめだ」

「別に簡単じゃないよ、ぼくだって友だちと喧嘩することだってあるし、言いたいこと言えないことだってたくさんあるよ」

「うん」

「それに、兄ちゃんのこと羨ましいって言う人もいるよ。得意なことだけやればいいんだから。学校、行かなくていいし。絵を描いていれば、それでいいんだから」

「そうか」

「そうだよ。あとはさ、加賀美さんとはたくさんしゃべれるんだから、一緒に特訓すればいいじゃん。そうだよ、じゃあさ、追い出されないために直そうよ。まずぼくの目を見る練習からしてさ、ぼく、手伝うよ。それでそれができたらさ、もう一回あのＣＤショップのバイト、受けようよ。ぼくも兄ちゃんみたいな音楽すきになりそうだしさ、それか、カフェでもいいよ、ぼく、カフェモカもカフェラテも、飲めるようになるから。そしたら、シンジュとか、加賀美さんを連れていって、兄ちゃんが働いているときに兄ちゃんを眺めながらカフェを楽しむんだ。兄ちゃんからいつもコーヒーのにおいがしたらさ、それってすごく大人みたいだよ。あとは、郵便局でもいいよ。ぼく、おばあちゃんに、ぜんぜん手紙送ってないから、これを機にたくさん手紙を書いて、季節のあいさつとか、そういうのをいちいちして、日本を感じて、あと、ホワイトデーとかクリスマスにもちゃんと手紙を送るから、日本だけじゃなく外国の季節も感じて——」

ぼくは兄ちゃんを引き止める一心で話していた。涙が流れていても関係なかった。言葉が多ければ多いほど、兄ちゃんを引き止められると思った。

兄ちゃんはゆっくりと立ち上がり、ぼくの頭をそっとなでた。なでると言うには、触る時間と面積が少なすぎるけれど、それでも兄ちゃんに頭をなでられたのはおそらくはじめてだった。ぼくは急いでトレーナーで涙を拭ったけれど、量がおおくて時間がかかってしまった。部屋のドアが開く音がする。

「あ、待っ、待っ」ぼくは言ったけど、目を開けたとき兄ちゃんは部屋にいなかった。

一人になった途端、ぼくはいま言ってはいけないことを口にしたと気づいた。だけど頭が混乱していて、どれが言ってはだめで、どれが言っていいことだったか判断がつかない。

ぼくはもう一度トレーナーで目元を拭う。ほんとうなら外に走り出てしまいたかった。だけど外に出るには、どうしてもリビングを通らなければならなかった。こんな姿をマムカと父ちゃんに見せるわけにはいかず、仕方なくその場に座りこむ。

兄ちゃんが描いていた厚みのあるボードを見ると、そこにはクリスマスツリーの絵があった。背景がリビングの壁の色と同じだ。窓の位置も、同じ。だからきっとぼくの家に飾られた、架空のツリーなんだろう。ツリーは窓の高さと同じくらいだから、ぼくの身長よりも高く、幅もぼくの倍くらいある。ステッキの形をした赤と白のしましまキャンディと、小人が二人、それからてっぺんにはきれいな星が飾られていた。

見れば見るほど不思議なくらいに、このツリーを兄ちゃんと飾ったことがあるような気がしてきた。二人ともツリーのような濃い緑のセーターを着て、ツリーの下はぼくが、上は兄ちゃんが飾っていく。兄ちゃんはやさしいから、ぼくが担当する下ばかりに飾りが集中してしまって、でもそれはそれで素敵なツリーになった。もちろん星はぼくがのせた。兄ちゃんに抱っこしてもらって、のせた。ぼくはそれらを鮮やかに想像することができた。完璧に完成したツリーを、二人で並んで眺めるところまで。

だけどその想像はなんのきっかけもなく、パチン、と電気が切れるように消えた。ぼくの脳みそが、現実を理解する準備ができたからかもしれない。しかしぼくはまだ立ちあがらなかった。一分でも一秒でも、兄ちゃんを引き止められるなら引き止めたかった。

ステッキの絵を触る。まだ絵具が乾いていなくて、赤が指についた。少し濁った赤は、指につくと血のようにみえた。ぼくはそれをトレーナーのそでで拭いた。トレーナーについた赤はもっとリアルな血にみえた。


ぼくが部屋から出てくるのを待っていたのか、兄ちゃんとマムカと父ちゃんは三人揃ってテーブルについていた。夜ごはんのとき、最後に座るのは父ちゃんか兄ちゃんだから、ぼくがこの景色を味わうのははじめてだった。どれくらい待たせたのかぼくにはわからなかったけれど、マムカと父ちゃんはなんでもない風ににこりと笑ってぼくを見た。兄ちゃんの表情はいつもと同じで、怒っているのか悲しんでいるのか読みとれない。

ぼくが席につくと、マムカは「冷めちゃったかも」と言いながらお茶をさし出してくれた。それから「さて」と普段使わない言葉を口にして、ぼくと兄ちゃんの顔を順番に見たと思うと、

「わたしたちは、お引っ越しをします！」と勢いよく言った。

とても陽気な言い方だったので、もしかしたら兄ちゃんだけでなくみんなで秋田に行くのかもしれないと思った。だけどマムカの表情はまったく嬉しそうではなく、子どものぼ

くにでも、勇気を振りしぼって言っただけなのだとわかった。勢いは風船のようにしぼんでいき、今度はとても静かに「お父さんと晶は近くのアパート、わたしと達はちょっと遠くにお引っ越しです」と言った。

マムカの言葉は何の雑音もなく聞きとることができた。だけど把握することはできなかった。ワタシトトオルハチョットトオクニオヒッコシデス、という片仮名の並びが、砂嵐みたいにただぼくの頭の中を渦巻いた。それはさっきまでぼくが兄ちゃんの部屋で向き合っていた現実とまったく違っていた。マムカも、兄ちゃんと一緒にいくのか？　ぼくの家族は二つに分裂するのか？

マムカはぼくにじっと目を合わせてきたが、ぼくは何も言葉が出せずに目をそらした。自分の生活が大きく変わるのに、周りの音はとても静かだった。もっと大きな物音がしたり、目の前の視界がゆがんだりして、無理やり悲しみに引きずり込んでほしかった。だけど外に見えるカラスでさえ鳴かない。まるで現実に向き合うための特別な部屋を用意されたみたいだ。

ちっとも頭が働かないのに、鼻水だけはだらだら出てきて顔を上げられなくなった。連続で鼻水をすすりながら机の丸っこい角らへんを見ていると、視界にティッシュペーパーの箱がにゅっと入ってきた。ぼくはお辞儀ともいえないような浅いお辞儀をして、一枚、また一枚とティッシュを抜いた。鼻回りがきれいになったとき、丸めたティッシュの大きな山ができていた。マムカはまだぼくを見ていた。

マムカの眉毛は、いつもアーチみたいに丸くなっていて、ぼくはその眉毛が好きだった。怒っているときも、眉毛だけは笑っているように見えるからだ。今も、いつもと同じように丸い。だけど悲しんでいることは、ほかのパーツを見ればすぐわかった。

二人とは一緒に住まなくなるんだ。ぼくはやっと、自分の身に起きることをいちばんシンプルな言葉で言いかえることができた。マムカと目が合うと、今度はマムカが目をそらした。マムカはマムカで、なんて言おうかを考えているみたいだった。

ぼくはもう何を言おうかなんて考えずに、自分の気分を上げるためすきなものを思い出そうとした。だけどすきなおやつを思い浮かべても、すきな音楽を思い浮かべても、兄ちゃんかマムカのどちらかにたどり着いてしまい、また最初から悲しくなった。

「僕たちはウオマツの近くで、お母さんたちは、秋田にしばしお引っ越しです」ぼくとマムカが何も言わないからか、遠慮するように父ちゃんが言った。

「秋田」秋田なんてことは、とっくの昔（と言ってもさっきだが）から知っているが、ぼくは地名をくり返した。父ちゃんは、

「秋田だからあれだな、北海道の、下の……青森の下」と空中に地図があるように斜め上

を見た。

それから父ちゃんは、今日ぼくがおどしに使おうと思っていた、兄ちゃんのお父さんが父ちゃんじゃないことを話した。「晶が中学にあがるときに話そうと思っていたんだけど」と前置きをして、ゆっくりと。父ちゃんは涙が流れていないだけで、泣いている人の声をしていた。だからぼくはただ黙って聞くことしかできなかった。前から知っていたなんてこと、全然言えなかった。

ごめん。ごめんね。父ちゃんとマムカが交互にぼくに謝った。大人からそんな風に謝られたことがなかったので態度に困った。ただ、内緒にしていてごめんね、と謝られるのは気持ちのいいものではなかった。でもぼくは「いいよ」と言って二人を許した。許さなくても何も変わらないと思った。

「父ちゃんと出会う前、お母さんが住んでいたのが、秋田なんだ。達の最初のお父さんはいまも秋田にいる」

父ちゃんは涙を出さずに話すことに成功した。代わりに涙が出そうになったのはぼくだった。たしかにどうして秋田かということを考えてないぼくもいけなかったけれど、そんな理由、どうかしている。というか、こんな段階をわけて悲しみを発表するなんて、どうかしている。

「嫌だって言ったら、どうするの」せっかく現実の前に立ったのに、「最初のお父さん」がまたぼくをかき乱した。最初のお父さんなんて、ぼくの世界には存在していない。ぼくの父ちゃんは父ちゃんだけだ。でも兄ちゃんにとっては、二番目の父ちゃんなんだ。なんだかその響きを聞くと、ぼくたちは一生家族に戻れない気がした。

「なんでぼくは行けないの、なんでみんな一緒じゃだめなの」

ぼくはもうぼくを止められなかった。涙も勝手に出ている。それならさっき兄ちゃんの部屋でこの話を聞いたときに、走って家を出てしまえばよかった。

「ごめんな、父ちゃんとお母さん、はやく四人で住めるように頑張るからな」

「なんでよ、なんで頑張んないとだめなの？　なんでぼくたちは、頑張んないと一緒に住めないの？」

マムカが立ちあがってぼくを抱きしめたようだった。顔をあげなくても、においと肌の温かさでわかる。だけどこんなことでぼくの気持ちが収まるわけがなかった。だってじゃあ、四人で住むのは何年何カ月何日後？　六年生になってわからないことや、いやなことがあったら、ぼくはどうすればいいの？　ぼくは、新しいアパートに、父ちゃんが帰ってくるまでひとりぼっちで過ごさなければいけないの？　……このまま、マムカと兄ちゃんが、最初のお父さんと家族になってしまったらどうするの？

「母ちゃんは、すぐに戻ってくるよ」

　横から聞こえたのは兄ちゃんの声だった。ぼくはゆっくり顔をあげて兄ちゃんを見た。兄ちゃんはぼくと目を合わせた。

「兄ちゃんは？」ぼくが言うと、兄ちゃんは笑おうとしてぴくぴくと口のはじを動かした。そのあいだも、兄ちゃんはぼくと目を合わせつづけた。自分からは目を離さないと決めているようだった。

　ぼくは長い時間目を合わせていたかったけれど、どうにもだめだった。ぼくのほうが先に目をふせた。まだぼくを抱きしめているマムカに、もう大丈夫だと手で合図して、椅子の上で足を抱えて丸くなる。三人は席を立たずにぼくを見守っているようだった。ぼくはこのまま何時間でも丸くなっていようと思った。

新しい場所に、ぼくは意外とすぐに慣れていった。学校までは走って12分40秒かかるけれど、途中にある大きな鐘つきのお寺や、桜が咲きそうな木や、外にテレビが置いてある電気屋があり、長い道のりも退屈しなかった。近所の「ウオマツ」という珍しい魚が売られているスーパーにはパン屋も隣接していて、ぼくは夕方に割引される60円のミニあんぱんを買い大量のパンの耳をもらうのが日課となった。

アパートの最上階である二階に、ぼくたちは住むことになった。リビングやキッチンは前より小さくなったけど、キッチンには床下収納があり、そこはぼくのお気に入りの場所となった。ぼくは父ちゃんが気まぐれで買ってくるポテトチップスや、マムカが送ってくれるチョコレートを大事にしまった。食べものだけでなく、きれいな青色をしたハンカチや、父ちゃんが使っていないかっこいいボールペンなど、六年生になったら使いたいものも一緒にいれた。ぼくがときどき麦茶を飲みながら床下を開けて眺めているので、父ちゃんは「晶は床下収納をアテにするのか」と笑っていた。

リビング以外には部屋が二つあり、一つは父ちゃんの仕事部屋と二人の寝室、もう一つはぼくの勉強部屋と兄ちゃんの絵を置く部屋にした。絵は父ちゃんが押し入れにしまおうとしていたのを、ぼくがあわててとり出した。出しておいたほうが、兄ちゃんが簡単に帰ってこられると思ったのだ。

ぼくと父ちゃんは、毎朝一緒に太鼓のアラームで起きて、一緒に目玉焼きとパンを食べて、一緒にアパートを出る。アパートの前には住人の自転車がごちゃごちゃに、だけど一台一台自立して置かれていて、通るのに時間がかかった。父ちゃんは細い身体でスパイのように通り抜けるので、倒してしまうのはいつもぼくだった。自転車を倒してしまうと、父ちゃんはなぜかいつも「プラス10点〜」とぼくに加点をして、自転車をおこしてくれた。

マムカと兄ちゃんがいないぶん、家の手伝いも増えた。学校に行くまえに洗濯物を干すのも、帰ってからまずお米を研ぐのもぼくの仕事だ。父ちゃんは夜六時頃に帰ってくる。会社に頼んで、家でも仕事できるようにしたらしい。だから夜ごはんもたいてい一緒に食べる。だけど父ちゃんが毎日ごはんを作るのは大変なので、月曜と木曜は冷凍食品、火曜はぼく、水曜と金曜は父ちゃんが作ることにしている。ぼくはいま火曜が少しすきになっている。カレーにはぼくの好物であるブロックの肉をいれるし、この前は焼き餃子も作った（皮がフライパンにくっついてしまって、中身がでてしまったけど）。たしか音楽祭の練習のときも、ぼくは火曜がすきだった。あのときは起きた瞬間から火曜がすきだったなと思い出す。いまはどちらかというと、平日ですきな曜日をあげるなら火曜、くらいのすき度だ。

そして「がんばったらアイスを食べていい」というルールもできた。ただしこれは週に二個まで。いつ食べるかは自分次第だ。必ず父ちゃんは日曜日に一個、美味しそうに食べる。それを見ているとぼくも食べたくなるので、平日に食べられるアイスは実質一個だ。今のところ、ぼくは国語と理科と算数の、つまらない授業しかない木曜日に食べることにしている。

こんな風に、父ちゃんとの二人暮らしはスムーズに進んでいった。大変なのは家で過ごす以外でのことだった。

「坪内くん、お母さん大丈夫?」と心配するふりをして噂話がほしいだけの人(権ちゃんを筆頭に)が次々にぼくの前に現れた。どうやらぼくの家族は、マムカが兄ちゃんを連れて「かけおち」したと思われているらしい(かけおちという言葉をテレビ以外で聞いたのは、これがはじめてだった)。思われているというか、みんな面白がってそう言っているだけなのだけど。

細かく訂正するのも面倒なのでてきとうに流していると、今度は「坪内家の噂は本当かもしれない」という噂が回ってきた。噂好きは噂を食って生きているのだろうか。まったくしょうもない人たちだ。でもぼくもその噂について、まったく気にしないなんてことはできなかった。それは噂の内容についてではなく、みんながぼくのことを話している、という嫌な雰囲気のせいだった。だんだんぼくは放課後に遊ぶことをやめ、学校に遅刻してしまうことも増えた。そしてぼくはまた、みんながぼくの遅刻についてなにか噂するのではないかと怖くなった。


「なんか晶、細った？」

シンジュに気を遣われだしたころ、ぼくは頭がぼーっとすることが増えてきた。太鼓のアラームで起きられなくなったし、給食も残すことが多くなった。今だって下校時間になったというのに、国語の教科書が机に出たままだ。

「なんだよ、細ったって」

「太ったの逆。なぁ今日、塾ないからあそぼうぜ」

「うーん、いいや」

「いくねえよ。予定ないだろ？」

「うーん」

「じゃあああそぼうぜ、二人でだから」

そういやシンジュは、塾に通い始めたんだった。と遅れて思う。

「さっき晶、また権ちゃんに絡まれてたろ」

「そうだっけ」

「覚えてないのかよ、忘れてんならいいけど。あいつ声おっきいんだよな。ネ！　坪内クン、ダイジョウブ!?　って」

シンジュが権ちゃんの真似をしていう。あまりに似ていたので吹きだしてしまった。慌てて権ちゃんがいないか周りを確かめたけれど、教室に残っているのはぼくたちだけだった。

「権ちゃん、絶対おまえのことすきだぜ」

「え」ぼくはまた周りを見回した。「そんなわけないよ」

「じゃなきゃ、あんなに聞かないだろ」

「面白がってるだけだよ」

「そうかな」

それから教室を出ても、下駄箱をすぎても、シンジュは何も言わなかった。ぼくはその間にほんの少し、権ちゃんがぼくをすきな可能性を考えてみた。でももし本当なら、兄ちゃんやマムカのことを悪く言うわけないのだ。愛情の裏返しとはよく言うけれど、ぼくははっきり言ってくれないとわからない。まあでももしぼくのことがすきなのなら、噂するのも、ほんのちょっとだけ許せる。

「みんな、なんでも知りたがるよな。そんな興味もないのにさ」校門を出ると、シンジュは言った。

「そうだね」

「心配だったら、ふつうそんな直接、きかないぜ」

「うん」

「直接、きけないぜ?」

「うん」

「だから、きけないって、直接は」シンジュはぼくにぐんと顔を近づけた。

「うん。あ、心配してくれてるの?」

ぼくはシンジュとの近さに驚いて一歩下がった。シンジュはぼくをじっと見て、ぼくの背負っているランドセルをばしんと叩いた。背中まで衝撃がとどく。「いて」とぼくが言うのと同時に、

「そりゃ、するだろ! 晶おまえ、消えそうだぞ?」とシンジュはぼくをぐらぐらとゆすった。あまりに真剣な表情をするので、ぼくは笑った。気まずい空気のとき、ふざけたり踊ったりしていつも空気を壊すあのシンジュが、真面目な顔をしているのはやっぱりおかしい。

「消えねーよ」ぼくは言う。

「いや、このままだと危ない」シンジュはぼくの笑い顔につられず、まだ真剣な顔つきだった。

「なんだよ、それ」

「いや、これはマジ。周りにいろいろ言われてるって気にしすぎて、ほんとの晶が消える」

「どういうことだよ」

「噂を気にしすぎると、人から魂が抜けちゃうんだよ。これはおれのおばあちゃんが言ってたから、ほんと」

「魂?」

「人の目を気にしすぎたら、気にされないように行動する。そしたら、自分がなくなって透明になってしまうのだ」教わったことを暗記しているのか、シンジュは何かを読むように言った。「だからこのままだと晶はほんとの晶じゃなくて、他人がつくった晶になってしまうのだ」

「なにそれ」そう言いつつぼくは、シンジュの真面目な顔がもう笑えなくなっていた。

「そしたら、晶は人生もつまんなくなって、ほんとに消えちゃう」

「死ぬってこと?」

「最悪は」

「ふうん」

「まあ、最悪の話な。だから気にすんなってことだよ。権ちゃんとかもさ」

「うん、わかった。ありがと」

シンジュは、照れくさい顔をしてぼくを見る。ぼくはさっきシンジュがやったみたいにリュックをばしんと叩いた。

「痛！　おれいま、いいこと言ってたんだぞ！」そう笑ってぼくのランドセルを、今度は軽く叩く。

「もうちょっと強く叩いてよ」

「は？」

「いいから」ぼくがランドセルをシンジュに向けると、「おまえ、Mになったのかよ」と腕をぐるぐるまわして、どすんとランドセルにパンチした。

「いって！」ぼくは前のめりに転びそうになった。だけど抜けそうになっていたぼくの魂は、いまのでしっかり戻ってきたような気がする。

「へんなやつ」シンジュは笑った。ぼくも笑った。すると二人で真面目な話をしていたのが面白くなってきて、ぼくらはひとしきり笑いあった。

シンジュは息を整えるようにふーっと深呼吸をした。もうシンジュの表情はゆるゆるだった。ポケットから石をとり出し、それを蹴りながら歩く。ぼくにパスをする。ぼくもまた、シンジュに蹴り返す。

信号で止まると、風が強く吹いて大量の落ち葉がぼくの足に当たった。靴の中に入ってしまいそうな勢いだった。そういえば学校に行く前の天気予報では、「春一番が吹くかもしれません」と言っていた。父ちゃんが「吹き飛ばされるなよ」と玄関でぼくに声をかけた。そんなバカな、と心の中で思ったが、強い風が後ろから吹くと、自動で道路が動いているみたいにすいすい前に進んだ。シンジュは蹴っていた石をまたポケットに入れて、落ち葉をさくっと踏んだ。

「落ち葉って踏みたくなるよな」

「わかる、すごく」

ぼくらは落ち葉を追いかけながら、商店街に向かった。途中、ぼくは何度も気持ちのいい音で落ち葉を踏んだ。シンジュに聞かせようと思ったが、シンジュはシンジュで、落ち葉をふむのに夢中だった。ぼくはそのあとも自分のために、たくさんの落ち葉をふんだ。とても気持ちがよかった。

遊ぶことが特に思いつかないので、そのままオカみちに寄ることにした。二人で「キャラメルスナック　130円　さくさく軽〜い」を買った。店の前でシンジュが袋を力いっぱい開けると、キャラメルスナックは風に飛ばされていろんな方向に舞っていった。シンジュもぼくも笑いながら、商店街に散らばるキャラメルスナックたちを追いかけた。一度、あやまって踏んでしまったが、さっきの落ち葉のような気持ちのいい音はしなかった。

一部始終を見ていたてる子さんが「お行儀が悪いからです」と叱るように言って、特別にもう一袋キャラメルスナックをくれた。ぼくらはちゃんとお礼を言って、今度は公園のベンチに座ってからそおっと袋を開けた。

「キャラメルスナックは軽すぎるな」

シンジュがひとつ手にとって言う。

「そうだね、でもお腹はいっぱいになるから不思議」

「なんねえよ、キャラメルスナックじゃ」

「一袋ぜんぶ食べたら、なるよ」

「なんない。だから晶は細ったんだよ」

「関係ないよ」

しばらくぼくたちはキャラメルスナックより軽いものはあるのかについて話した。ぼくはにんじんのお菓子がそうだと言った。シンジュは「小さすぎてなし」と却下して、案外レタス一枚はキャラメルスナックより軽いのではないかと言った。ぼくは絶対にレタスのほうが重いと反論したけれど、シンジュは「いちばん奥の、ちっちゃいレタスのことだぜ?」と言って引かなかった。

一段落したところで、ぼくは今度の春休み、秋田に行こうと思っていると伝えた。

「へえ」とだけ言って、シンジュは話の続きを聞くようにぼくの顔を見た。ぼくはゆっくり、兄ちゃんが動くことと、動いてもいいらしいのが秋田だということ、秋田に兄ちゃんのお父さんがいることを順番に話した。シンジュはぼくが話し終わるまで、何も言わなかった。

話が終わった合図に、ぼくはキャラメルスナックを四つ一気に食べた。シンジュはそれをみて五つ一気に食べた。咀嚼する間、二人で風に流される落ち葉を見た。

「あの、前にごめん、おれ、うらやましいとか言った」

「ううん」

びゅ、とまた風が強く吹く。だけどなんだか暖かい風だった。春一番とはぴったりな名前だ。

「晶が今度秋田に行くってのは、これから住みたいってこと?」

「いや、父ちゃんはこっちにいるし……あとぼくは父ちゃん一人だし」

「そんな寂しそうに言うなよ、おれもお父さん一人だから」

「ああ、そうか。じゃなくて寂しいのは、兄ちゃんが知らない人をお父さんって呼んでること、かな」

シンジュは落ち葉を一枚拾って、くるくると回した。踏んだらいい音がしそうな落ち葉で、ぎこちなく回っている。

「でもあれだな、秋田は春も寒いだろ」

「たぶん」

「晶が向こうに住みたくなっちゃっても、こっちのほうがあったかいからな。たしかに秋田もいいところはいっぱいあるけど、こっちも負けじと、いいところ、あるからな」

「なんだよ、急に」

「それにおれも、いるしな」

「なんだよ、それ」

「べつに」

「なんだよ」

「べつに」

シンジュはキャラメルスナックをぼくからとり上げ、袋の中身を一気に口にいれた。まだそれをするには早すぎる量が残っていて、シンジュはむせた。ぼくは手を叩いて笑って、涙目になって咳き込むシンジュの背中をさすった。

＊

秋田に行くと決めた瞬間から、ぼくはリュックに少しずつ必要なものを準備している。マムカと同じタイプなのだ。マムカも引っ越しのとき、二週間も前から少しずつ荷物を段ボールに詰めていた。兄ちゃんはというとまったく別のタイプで、前日になってあわてて加賀美さんを呼びつけた。

「僕はパワータイプじゃないから困るなあ」と加賀美さんはぼやいていたが、軍手やガムテープ、カッターに油性ペンと引っ越しに使いそうな道具をたくさん持ってきてくれていた。

ぼくはこのときもまだ、兄ちゃんとうまく話せずにいた。部屋のドアは段ボール箱で押さえて開いていたので、ぼくは意味もなくリビングを歩いたり、伝記マンガを読むふりをしたりして部屋の会話に耳を傾けた。

あるときは二人で大笑いをし、あるときは二人とも別々に本を読んでいて、とても作業がはかどっているとは思えなかった。ぼくが手伝ったらすぐ終わるのに、と心の中で思って、またうろうろする。だけど二人はなかなかぼくの姿には気づかなかった。

「ねえ晶くん。あ、読書中か」

加賀美さんに話しかけられたとき、ぼくは部屋に耳を傾けるのをやめて、杉原千畝《すぎはらちうね》の人生に夢中になっていた。日本人に限って言うと、図書室にある伝記マンガは残り三人でコンプリートする。これを読んだら、あとは「植村直己」と「高村光太郎・智恵子」だけだ。杉原千畝は六千人の命を救っているのに、学校では全然教えてくれないものである。

「大丈夫です」ぼくは伝記マンガを閉じた。

「この絵の話、聞きました?」加賀美さんは笑いを我慢するように言って絵を見せた。その絵は前に兄ちゃんが見せてくれた、カギの絵だった。湖で一人溺れている絵。

「あ、これ」

「変わってるよなあ」

「変わってる?」何のことかわからず、加賀美さんと絵を交互に見た。

「あ、もともと僕が描いたって話は聞きました?」

「加賀美さんが?」

「はい、そしたら達くんが木にカギを描き足して」

「聞いてないです」

なんか変だと思ったのは、絵の中に作者が二人いたからか。ぼくは一人でうんうん頷く。

加賀美さんは絵を顔に近づけて、じっ、と木になるカギを見た。

「ちょっと恥ずかしい話なんですけどね。いま達くん、小学校のアルバムに見入っちゃってて暇なんです。あ、杉原千畝ですか。渋いですね」

「杉原さん、知ってますか」

「伝記は読みました。内容は忘れましたけど」

ぼくは加賀美さんに伝記マンガを差し出した。加賀美さんは持ってきた絵をテーブルに置いてから「ありがとう」と両手で伝記マンガを受けとり、ペラペラとめくった。「ああ、僕が読んだのもこんなイラストでした」と言うとまた両手でぼくに伝記マンガを返し、「素敵な趣味です」とほほえんだ。ぼくはほめられた嬉しさで数秒表紙を眺めてから、テーブルに置いた。加賀美さんはぼくの一連の行動を見ていたのか、ぼくが顔を上げると目が合った。それから持ってきた絵を片手ですっと持ち上げ、懐かしいものを見る顔で眺めた。

加賀美さんの話によると、この絵は加賀美さんが高校生のときに描いた自画像であり、湖で溺れている人が加賀美さん本人らしい（溺れている人の顔は加賀美さんに全然似ていなかったが、ぼくは黙っていた)。美術部の一年生だった加賀美さんは、当時画家志望だった。だけど友人は誰一人としてその夢を本気と捉えなかった。それが悔しくて、自画像がテーマの授業のときにこの絵を描いたという。

「あ、僕は湖に一つしかカギを描かなかったんです。だから、まあだから、ちょっと恥ずかしいですけど」加賀美さんはそう前置きをしてから、「あなたたちには溺れているように見えるけど、実はチャンスを摑もうとしているんだ! みたいなことを描きたかったんですよね。思い上がりでしたけどね。高校生だったので許してください」と早口で言った。照れているのか、手の甲で鼻辺りを隠している。

ぼくは絵を見ながら、加賀美さんはやっぱり美術が得意だったんだなと思う。自画像を描けと言われたら、ぼくは絶対自分の顔だけを描いてしまう。

兄ちゃんがこの自画像を見つけたとき、もちろん加賀美さんはとっくに卒業していて、高校の美術室と美術館を行ったり来たりしていた。絵を持ってきた兄ちゃんに対し、加賀美さんは捨てていいよと言いながら、仕方なくいまの説明をしたらしい。

「絵を描く子に話すのは、余計に恥ずかしかったんですよね。だけど達くんは、ほうーん、みたいなこと言って(加賀美さんがやる兄ちゃんのモノマネは一瞬でもよく似ていた)、二、三日したら描き足して持ってきたんです。俺だったらこうですって。ほら、木のほうは筆圧が高いでしょう」

加賀美さんがぼくを見て木のカギを触るので、ぼくもならって触った。意識して触ると、たしかに紙が凹んでいる。今まで気づかなかったのがおかしいくらいだ。これが、兄ちゃんが描き足したカギ。

「そんな風に考えるなんて、変わってるよなあ」加賀美さんは優しそうに笑って、兄ちゃんの部屋のほうを見て言った。

ぼくは笑える気持ちになれなかった。加賀美さんの話を聞いてからだと、兄ちゃんがした絵の話はちょっと悲しいというか、つらい話に変わった。たぶんこの溺れている人が兄ちゃんに思えてきたからかもしれない。ぼくはもう絵の話をしたくなくなって、カギを触っていた手を背中に隠して、話をかえた。

「に、兄ちゃんが秋田に行っても、加賀美さんは友だちでいますか?」

ぼくが言うと、加賀美さんは目を少し見開いてから「もちろん友だちでいます。安藤忠雄建築の美術館にでも、連れていってもらいますよ」とほほえんで、「友だちでいるなんて言葉、はじめて使いました」と、また手の甲で鼻を隠した。

「それで、兄ちゃんが大学生になったら、加賀美さんの美術館でバイトできる?」

「そりゃあ、本人が希望したら喜んで。今回のバイトの件は、残念でしたね」

「ぼくは一度、あのカフェに友だちと行きました」

「お、そうですか。僕も実は、一度だけコーヒーを買いにいきました。本人には絶対内緒ですけど」

あんなにたくさんメニューがあるなかでコーヒーを選ぶなんて、やっぱり加賀美さんは大人だ。ぼくは加賀美さんなら、兄ちゃんがバイトに受からなかった理由を、たぶんぼくが納得できるように、話してくれると思った。

「ぼくは、もし兄ちゃんがちゃんと自分のことを話せていたら、受かったと思う」

加賀美さんは、まぶたをゆっくりおろしてまた開いた。

「うーん。そうかもしれませんね」

「だって、加賀美さんが店長だったら、兄ちゃんは合格したでしょう?」

「僕は牛乳が苦手なのでカフェはやりませんよ」

「そうじゃなくって」

ぼくは少しむきになってしまった。加賀美さんはテーブルの上でゆるく腕を組んで、

「自分のことを相手にうまく伝えるのも、技術がいるんですよ。絵がうまい人がいるのと同じように」と言う。

「じゃあなんで、話すことばっかりが面接で評価されるの?」

「それは、バイトでお客さんと話をするからです。絵をみせるバイトじゃないですからね」

「そしたら兄ちゃんは話をするバイトに、ずっと受からないじゃないか。あ、じゃ、ないですか。そんなの、不公平だ」

「どうして不公平なんです？　晶くんはそんなに達くんに、カフェでバイトしてほしかったのかな」

「それは」それは、バイトしたら、兄ちゃんが誰からも変に思われないからです。とぼくは思った。いや、ちがうか。バイトしてほしいんじゃなくて、兄ちゃんがバイトできなかったことが、かなしいのか。いや、ちがう。兄ちゃんにここに残ってほしいだけだ。ぼくはぐるぐる考えて、結局何も口には出せなかった。

兄ちゃんの部屋から音楽が聞こえてきた。たぶん作業を再開したのだ。加賀美さんはぼくの背中をそっとなでると、

「二人はやっぱり素敵な兄弟です」とだけ言い、部屋に戻った。

ぼくは今もカギの絵だけは押し入れから出せずにいた。その絵を見ると、なんだか苦しくなるからだ。なんだか、といっても本当の理由はわかっている。ぼくが兄ちゃんに向かって「目を見る練習しよう」と言ったことを思い出すからだ。

結局ぼくがうまく話せないうちに、兄ちゃんは秋田へ行ってしまった。

兄ちゃんがいなくなって一気に暇になった。学校の宿題もあるし、手伝いが増えたからすごく暇なわけじゃないけど、気持ちが暇なのだ。ぼくは家に帰ってくるとまず兄ちゃんの絵を見る癖がついていた。でもそこにはもちろん兄ちゃんはいないし、くすんだにおいしかしない。

秋田に持っていくリュックは、ほとんど完璧に準備できて足りないものはないように思えた。だけど行った先で何を話せばいいかは、ひとつも思いつかない。

＊

新幹線を降りると、雨が降っていた。ぼくの街は雲一つない青空だったが、「モリオカ」駅に着く前くらいから雨は降りはじめた。街全体が霧に覆われていて、ぼくの住んでいる国とは別の王国に入り込んでしまったようだった。ぼくはリュックに入れていた折り畳み傘をぎゅっと握った。父ちゃんがお見送りのときに持たせてくれた傘だ。

傘を渡すと父ちゃんは「雨が降ったらさしてね」と当然のことを言った。だけどぼくも素直に「わかった」と言って、知らない工具を渡されたようにじっくり傘を見た。それは父ちゃんがいつも使っていた傘だった。持ち手が木でできていて、ぼくにはちょっと大人、というかおじさんすぎる傘。だけどぼくは黙ってそれをリュックにしまった。父ちゃんはもう一度ぼくに新幹線のチケットを確認させ、座り位置がどの辺りかシミュレーションさせ、座席でのマナーを繰り返し言った。座り位置はトイレも近いから、と13号車の指定席をとってくれた。13号車の12D。ぼくはもう空で言える。「いみいにD」で覚えた。マナーについてもばっちりだ。椅子をたおすときは後ろの人、トイレに行くときは横の人に声をかける。ぼくがそう言うと父ちゃんは、

「あと飲み物が欲しくなったら手を挙げて、すみません、だよ」と言った。ぼくはそんなことは新幹線に一人で乗ったことがなくてもできると思ったが、

「すみません」と父ちゃんにならって手を挙げた。父ちゃんは頷いてから、ぼくの頭をなでた。ぼくも一応、父ちゃんのわき腹辺りをなでた。

乗りこんだ新幹線の車内は思っていた景色と違った。座席が黄色いのだ。ぼくは青とか黒だと思っていたので、予想外の色に少し気分が上がった。それから長い間新幹線に揺られていたけれど、結局ぼくは席を後ろに倒すことも、トイレに行くことも、飲み物を買うこともしなかった。飲み物を売っているお姉さんに声をかけるのは至難の業だった。初心者からすると、お姉さんは歩くのが速すぎる。

ぼくの隣には誰も座らなかった。後ろの席には四人家族が通路をへだてて一列に座っていた。ぼくより二つくらい年下の女の子とお母さんがトッポを食べていた。

改札をでると、青いなまはげと赤いなまはげのオブジェがぼくを迎えた。顔だけなのにぼくの身長の倍くらいあり、両方とも怒った顔をしている。数本しかない歯は口から飛び出るほど大きいものもあって、ぼくなんかは歯と歯の隙間に簡単に吸い込まれてしまいそうだった。ぼくは見ないようにして足早にそこを去った。構内の通路には日本語だけでなく、英語と中国語のポスターが並んでいる。きっと日本語と同じように観光客を歓迎しているのだろう。だけどこの三か国語のポスターさえも、ぼくを不安にさせた。この駅は、ベンチしかないぼくの最寄りの駅とはあまりにも違った。

ぼくはだんだんと、兄ちゃんのお父さんがなまはげくらい怖い人だったらどうしようと思いはじめた。それについてぼくはちっとも考えてこなかった。塾にも行ってないから春休みには一度も勉強していないけれど、大丈夫だろうか。穴の空いた靴下(靴下の中でいちばんかっこいい鹿の柄なのだけど)を穿いてきてしまったけど大丈夫だろうか。

ぼくは帰りの新幹線の切符を財布からとり出した。明後日の日付が書かれているこの切符を使うとき、ぼくはもうマムカにも兄ちゃんにも、兄ちゃんのお父さんにも会っているのだ。ぼくはこの切符を使うときのぼくに会って、感想を聞きたかった。感想と、何か怒られないための対策があるならそれも。

雲がいくつも重なっていて、夕方になる前なのに空は暗かった。マムカと兄ちゃんに会うのは久しぶりで、こういうときはどういう風に挨拶をすればいいのか迷った。これまで二人にしていた挨拶といえば、「ただいま」「おかえり」「いただきます」「ごちそうさま」「おはよう」「おやすみ」くらいだ。もちろん「こんにちは」なんて言ったことがない。もう暗いから「こんばんは」なのかもしれないけど、それも言ったことはない。

階段を降りてロータリーに出ると、マムカがいるのはすぐにわかった。だけどマムカはぼくよりも早くぼくを見つけていたらしくて、目があった瞬間に傘をどけて大きく手を振った。ぼくは挨拶なんてどうでもよくなって、マムカの元へ走った。

「遠かったね。寒いでしょ、こっち」

マムカは見たことのないクリーム色のニット帽を目深にかぶっていた。その後ろにあるオレンジの小さい車も初めて見る。ぼくはマムカが免許を持っていることさえ知らなかった。

「うん」

車のドアを開けると、助手席のドアポケットにはブドウ味のガムが入っていた。うちでガムを食べる人はいなかったから、もしかしたら兄ちゃんのお父さんの物かもしれない。もしくは、兄ちゃんがこっちにきてガムを嚙むようになったのかも。どちらにしても触ってはいけないもののような気がして、ぼくはそおっとドアを閉める。

マムカは車に乗るとクリーム色のニット帽をとった。ぼくの知っているアーチ形の眉毛が、ひょっこり出てきた。ぼくはそれを見て少し安心したけれど、知らない土地でみるマムカは、どうしてかぼくを緊張させた。だからマムカが、「あ、半ドア」と言って手を伸ばして助手席のドアを急に閉めなおしたときも、ぼくは思わずのけぞってしまった。それがあまりにもかっこ悪かったので、のけぞったまま両腕を後ろにのばして座席の頭の部分を触った。マムカはぼくのごまかしは一切見ずに、ワイパーを調節していた。雨粒はすぐに拭きとられ、またついた。

元気だった？　うん。ごはん食べてる？　うん。晶もごはん作ってるんでしょう？　うん、火曜。火曜なんだ。うん。最近なに作った？　まぁ、餃子とか。すごいじゃん。うん。

マムカは途切れることなくぼくに質問をした。そのあいだ、出発せずにただハンドルを握って雨を見ていた。出発しないの、とぼくが言うと、忘れていたかのように、ああ、そうね、と言って車を発進させた。

出発前にすべて話し終えてしまったのか、車が走りだした途端にマムカは何も言わなくなった。ぼくも黙って街を眺める。知らない街では、ただのコンビニだって薬局だってめずらしいものに見えた。信号だって、縦だ。社会の授業で習ったやつだ。授業ではたしか、雪が多く降る地域は積もる面積を少なくするために信号を縦にする、と言っていた。マムカや兄ちゃんは、だんだんとこの縦に慣れていってしまうのだろうか。ぼくがいま「縦だ」と思うみたいに、ぼくの街に来たときに信号を「横だ」と思うようになったら、さみしい。

「みて晶、ほら」

マムカが指さした方向には、道路に沿って川があって、大きい葉っぱがぎっしりならんで生えていた。川の水が見えないくらいに生えている。

「蓮よ」

「はす？」

「うん」

車が走っているあいだにマムカが発した言葉は、結局それだけだった。ぼくの家には車がないからわからないけど、車というのは、走るときむやみに話さないのかもしれない。

のどが渇いたと感じたころ、マムカがとても小さい駅に車を停めた。駐車場はとっても広いのに、レンガでできた駅はこびとの家のようだった。人の気配はまったくない。

「お茶買ってくる。晶は？」

「あ、ぼくもお茶」

マムカはもう一度クリーム色のニット帽を深くかぶると、傘をささずに小走りで駅に向かった。雨は秋田駅を出るときよりも強くなっていた。駅にある自販機でマムカは、迷わずにてきぱきと飲み物を二本買い、また小走りで戻ってきた。マムカが走る姿をまじまじと見るのははじめてだった。一緒に走ることはあっても、正面から見ることはあまりない。片手にお茶をかかえているからか、少しブサイクな走り方だった。

「ありがとう」そういえばマムカがいなくなってからは、家でお茶を飲んでいないことを思い出す。あったかいお茶は、見たことのないラベルだった。

マムカはけっこう濡れてしまった上着を脱いで、後部座席に置いた。お茶を飲むと短く息をついて、

「お家、いま達しかいないからね」と気をつかうようにして言った。

「ん、うん」

ぼくは唾をのみ込んでから答える。

「顔白いけど、大丈夫？」

「寒いから、かも」

ぼくもマムカに気をつかっていた。顔が白いのはおそらくなまはげを見てからずっとで、寒さは関係なかった。もう帰りたくなっていた。マムカがとなりにいても、こんなにひとりぼっちな気持ちになるとは思っていなかった。そもそも秋田に行くと言い張ったのはぼくだった。父ちゃんが「四人で旅行でもいいよ」と提案してくれたのに、ぼくは「兄ちゃんの部屋がみたいから」と聞かなかった。父ちゃんの案を採用していればよかった、と今さら思う。

兄ちゃんしかいないということは、ぼくは兄ちゃんのお父さんと会わずに帰るのだろうか。ぼくは少し安心したけれど、がっかりもしていた。それならこんな思いまでして、秋田に来なくても良かったじゃないか。そう思ってやっと、ほんとうは兄ちゃんの部屋ではなく、兄ちゃんのお父さんを見たいと思っていたことに気がつく。

マムカはエンジンをかけた。暖房がつき、ワイパーが動き出す。車内はさっきまでついていた暖房の余韻が残っていたから、すぐに暖かくなった。だけどぼくの「寒いから」を信じているマムカはスイッチを押して風量を上げた。ボーと風の音も大きくなる。ぼくも押してみたくなったけど、気が引けてできなかった。自分でスイッチを押せないとなると、急に車内が暑く感じられた。上着をぬげばいいだけなのに、なぜだかそれも出来なくて、ぼくは両腕の袖をすこしだけまくった。マムカはそれに気づいたのか、またスイッチを押して風量を下げた。音も柔らかくなる。

「ありがとう」ぼくが言うと、マムカは優しくほほえんだ。

「好きなように調整していいからね」と言ったけど、スイッチには謎のマークと英語の表示しかなくて、むやみに押すのは危険だった。ぼくはさっきマムカが押した風量のスイッチだけ試しに押した。スイッチはわずかに奥に入るだけで、押し心地はそこまでよくなかった。

すぐに車を発進させると思ったが、マムカはしばらくカーナビを触っていた。操作に慣れていないのか、どれだけパネルを指でタッチしても、すぐ現在地に戻されてしまった。

「兄ちゃんのお父さんは、どこにいるの」

一緒に地図を見ながらぼくは言う。

「仕事。夜には帰ってくると思うよ」マムカはぼくの言葉を合図に、カーナビを触るのをやめた。

「そうなんだ。……夜っていつ？」

「九時とかかな？」

「ふ、ふうん」

会えるとわかったらわかったで、今度は不安になってくる。春休みはたいてい十時までは夜更かししているから、九時ならきっと起きている。

「ごめんね、晶」

マムカはぼくの右肩をそっとさすった。マムカがぼくに触れると、眉毛が隠れていてもマムカだとわかった。さすられる右肩だけが、どんどん柔らかくなっていく。ぼくの心臓をさすってくれたら、不安もぜんぶ溶けてしまいそうだ。

いま帰りたいと言ったら、この車でそのまま帰してくれそうだった。もしかすると言葉にしなくても、マムカはぼくの思いを読みとってしまうかもしれない。ぼくはたしかに帰りたくなっていたけれど、あきらめるのも嫌だという気持ちもあった。だから「まだ帰らない」と心の中で言った。もし心を読みとっているなら、これも届いてほしい。

「晶には寂しい思いをさせてるから。本当にごめんね」

マムカは肩をさするのをやめた。ぼくの心を読みとったかはわからないが、帰ろうとはしなかった。二人でワイパーを見る。ぐぅんぐぅんとワイパーが自信たっぷりに動くので、雨の音は遠くにしか聞こえない。まだ止みそうにないくらいに降っている。マムカはクリーム色のニット帽を脱いで、ぼくとのあいだにあるお茶に被せて置いた。

もう一度ニット帽を手にとったと思うと、「これ、すごく安いから買っちゃった」と言い訳するようにマムカは言った。ぼくは無意識にニット帽を見ていたのだと気づいた。

「いいと思う」

こういう会話を、一緒に住んでいたときによくしていた。マムカがつい買ってしまったポストカードや花や便利グッズを、ぼくはいつも容認した。

慣れた会話をすると、奥にしまわれていた質問が溢れてきた。ぼくは大縄跳びに飛び込むときのように、ワイパーのタイミングをみて口を開く。

「マムカと兄ちゃんは、いつ帰ってくるの？」

ぐぅんぐぅんと、ぼくの質問を受理したようにワイパーは音をたてる。

「晶が中学生になるころには、みんなで住みたいと思ってるよ。いま準備しているからね」

「みんなって、兄ちゃんも？」

「もちろん」

「……新しいアパート、いまぼくと父ちゃんが同じ部屋で寝てるけど、ぼくは全然、一人でも寝れるから、そしたらマムカは父ちゃんと寝ればいいよ。それに、ウオマツのとなりのパン屋さんはけっこうおすすめだし、ミニあんぱんなんて100円が夕方だと60円になるんだよ」

「すごくいいじゃない」

「でしょ、だから、早く帰ってきたほうがいいよ。もうすぐ近くの桜も咲きそうだし」

「うん。そうね」

マムカはそう言ったけれど、引っ越しを発表したときと同じ表情をしていたから、きっとすぐには帰ってこないんだろう。ぼくはふてくされて目をつむった。マムカは「行こっか」と小さくつぶやいて車を発進させた。ぼくは返事もせず目をつむる力を強めた。


兄ちゃんのお父さんの家は、ずいぶんと古い木造建てだった。庭に植えてある木は太くしわしわで、幹の皮はところどころ剝がれている。いろんな大きさのお皿も庭にいくつか置いてあった。雨水がお皿に溜まっている。家というよりは神社といったほうがしっくりきた。庭に埋まったお面くらいの平たい石が、玄関までの道を案内するように並んでいた。もしここが兄ちゃんのお父さんの家じゃなかったら、ぼくは片足で石から石に飛んで進みたいと思った。もちろんいまは、監視カメラがある可能性もあるし、あとで怒られたくないので我慢する。

マムカが木彫りのキツネのキーホルダーがついたカギでドアを開けた。キツネは「開運」とかかれた木札をもっていた。キツネはマムカの苦手な動物のはずだけど、木彫りだから平気なのか、開運だから平気なのか、そもそもキツネは苦手じゃなかったのか、とにかく怖がらずに使っていた。横開きのドアは、ごろごろごろ、と音をたてて開いた。

「ただいまー。あ、鍵閉めてもらえる?」先に靴を脱いだマムカが言う。ひねって回すカギじゃなくて、レバーを下げると「閉」、上げると「開」の文字がでてくるカギだった。ぼくは何度か上げ下げしてからカギを閉めた。

玄関はぼくの新しい部屋の半分くらいの大きさがあった。端には釣り竿がたくさん転がっていて、折れているものもある。靴箱がないのか、大勢が遊びに来たみたいにたくさんの靴が玄関に散らばっていた。その内の三足は長靴のような、だけどつま先が二つに割れている珍しい靴だった。どれも泥遊びをしたくらいに汚れていた。

ガラスでできた横開きのドアには小鳥の模様がついていた。マムカが「風が入るから、そこも閉めて」と言うので閉めると、ガラスががたがたと上下するのと一緒に小鳥も動いた。リビングには濃い色の木でできた大きなテーブルがあり、テーブルの脚にはブタの顔をした靴下が穿かされている。この家はすごく広いけれど、ところどころにそうやって動物がいた。冷蔵庫にはキッチンタイマーの形をしたカエルがいるし、電気の紐には伸びをした猫がぶら下がっている。もしかすると兄ちゃんのお父さんは、少々寂しがり屋なのかもしれない。

テーブルの上には四角いプラスチックの容器があり、大量のガムが入っていた。細長い、あの車にあったのと同じブドウ味のガム。一つもらってもバレないくらいに入っていたけれど、盗むみたいになると思ってやめる。

「夜ごはん、特別にお寿司にしちゃう?」マムカが言った。

一瞬の間があいてしまったけど、すぐにぼくは「うん」と答えた。本当はマムカの作るごはんが食べたくて仕方がなかった。マムカが作るなら水餃子だってよかった。

「あ。達は二階だよ」マムカはさっそくお寿司のチラシを広げて言った。

「うん、わかった」

まだ兄ちゃんの部屋に行く準備はできていなかった。行って何を話せばいいか、さっぱり想像できないのだ。だからといって、この家でくつろげる場所はどこにもなかった。リュックの中にゲーム機と知恵の輪があるけど、ゲームをする気にはならなかったし、知恵の輪は十分くらいしか時間を潰せない。ぼくは仕方なく、階段をあがることにした。

二階にあがる階段は踏むたびにぎしぎしいった。一段一段高さがあるので、手すりをしっかりつかまないと少し怖い。上りきると左右に部屋があった。右側の部屋から洋楽が聞こえる。兄ちゃんの部屋だ。

「兄ちゃん」

ぼくは小さい声で言った。兄ちゃんにはぜったいに聞こえていないだろう。部屋から漏れる洋楽の音に負けて、ぼくにも聞こえなかったくらいだ。ノックしようと思ったが、どうノックしたらいいか忘れてしまった。つい最近まで一緒に住んでいたことが嘘みたいだった。

しばらく廊下で洋楽を聞いた。聞いたことがあるような、ないような曲。たぶん、ない。床は冷えていて、足元から身体が冷えてきていた。右の靴下は穴が空いているぶん、直に床の冷たさを感じる。耐えきれず左足に右足をのせる。一瞬冷えがゆるんだけれど、今度は左足の裏が冷たくなった。交互にそれをくり返すと、身体全体が冷えてしまった。ぼくはドアを一回たたいた。何て言って入ろうかと考えていると、洋楽がぴたりと止まってドアが開いた。兄ちゃんだった。紛れもなくぼくの兄ちゃんだった。

「うい」

「兄ちゃん」

兄ちゃんは髪を短くしていた。短すぎるといっていいほど短くしていた。似合っていないわけじゃないけれど、見慣れていないせいか、こっちが恥ずかしくなってくる。だけど髪を切っていること以外に変わったところはなかった。

「兄ちゃん」ぼくはもう一度言う。

「うい」

兄ちゃんの部屋は、半分がフローリング、半分が畳だった。畳だけでぼくの部屋くらいの大きさがある。その畳に布団がしかれていて、本がたくさん散らばっていた。フローリングのほうには十を超える数の大きな絵と、数え切れないほどのスケッチブックに描かれた絵が飾られていた。もちろん、どの絵もぼくが見たことのない絵だった。美術館みたいだった。フローリングの部屋の中心に兄ちゃんは机を置いていて、そこにはぼくも見たことのある道具があった。

「遠かった？」兄ちゃんが言った。それからぽりぽりと短くなった髪を触る。

「うん」

「よな」

「うん」

「うん」

「とおいよ」

「ごめん」

兄ちゃんに謝る理由はなかったけれど、ぼくは謝ってくれるのを待っていたのかもしれない。

「これ、全部兄ちゃんが描いたの」ぼくはぎこちなく言った。当然のことを聞いてしまっていると思った。

「あー、まあ」それでも兄ちゃんは照れたように答えた。それを見てぼくも少し照れた。久しぶりの会話だった。

　ぼくは壁にかかった絵に近づいた。いちばん目立っていたのは一辺が一メートルくらいある大きな油絵だった。二本の木が、街灯の下で揺れている。辺りは真っ暗で、だけど黒く塗られているだけではなかった。暗闇は黒だけでできているんじゃないことをぼくはこの絵で知った。街灯が照らしている木の奥に、まだ何かあった。四角のような、半円のような形の何か。

「これ、どこ?」ぼくが言うと、兄ちゃんは「うん」と言うだけで質問には答えず、ぼくの隣に来てじっと絵を見た。ぼくもそれ以上何も聞かずに絵を見た。

　背景は、森ではなくどこかの街のように見えた。二本の木もよく見ると、人が踊っているようにも見える。ぼくは早く正解を知りたかったけど、自分で発見しないと意味がないことは兄ちゃんの顔を見てわかった。

　一緒に兄ちゃんと絵を見ていると、会わなかった分の会話をすべてしているように思えてきて不思議だった。一度木が人に見えてくると、枝先が指先にも見えたし、幹が筋肉にも見えた。街灯の光に当たっているところと当たっていないところがあって、光を絵に描ける兄ちゃんがかっこいいと思った。ぼくは隣にいる兄ちゃんをちらりと見た。まだじっと絵を見ている。ぼくもまた視線を絵に戻す。木はぼくと兄ちゃんにも見えてきた。それからまた木にも見えて、またぼくと兄ちゃんに見えてきた。本当はどっちでもないかもしれない。

「あ、商店街じゃない？　これ、オカみちの看板でしょ！」四角の何かが看板とわかったぼくは、つい興奮して大きな声で言ってしまった。

「やるよ、これ」答えは言わずに、兄ちゃんは言った。

「え」

「いらない？」

「でも」

いま見ている絵は、明らかに部屋の中でいちばん大事に描かれたであろう絵だった。この絵の周りにだけ、金色のマスキングテープが枠のように周りを囲っているのだ。何時間もかけないと完成しないことは、暗闇を見るだけでもわかった。それを、兄ちゃんがくれると言った。

「まあどっちでも」「ほしい」ぼくたちは同時にそう言った。

それからぼくがお土産に買ってきた、にんじんのお菓子をお皿に入れて食べた。マムカを通じて聞いた、兄ちゃんからのリクエストだ。たしかにわざわざお皿に入れると美味しく感じた。でもこれはぼくが一人で食べても、ここまで美味しくならないことはわかっていた。兄ちゃんは途中で「飽きた」と言ってお皿のにんじんを手にうつし、口に入れた。ぼくも真似して手で食べた。

「兄ちゃんのお父さんって、どんな人？」

ぼくが質問したとき、兄ちゃんはスケッチブックの余白を探していた。パラパラと紙がめくられ、知っている木のにおいと、旅館に泊まったときのにおいがした。

「釣りと麻雀と木がすきな人」

「木？」

「ん、植木屋やってる」

「へえ……」ぼくは自分で質問したにもかかわらず、兄ちゃんからお父さんの話はあまり聞きたくなかった。

「ぼくは、その三つぜんぶ詳しくないから、いやだった？」

兄ちゃんが余白を見つけて描きはじめた魚を見ながらぼくは言った。

「え？　どういうこと？」兄ちゃんは意味がわからないという風に、ちょっと笑う。

「釣りも麻雀も木も、あんまり詳しくないから、ぼくと一緒に住みたくない？」

「なにそれ、そんなこと、あるわけないじゃん」

「じゃあ、ちゃんと戻ってくる？」そう口にしたとたん、ぼくの下まぶたにぶわっと涙が溜まってきた。ぼくにはずっと、嫌な予感があったのだ。それは、マムカが帰ってきて、四人で住む家の準備ができても、兄ちゃんが戻ってこないかもしれないという予感。ずっと思っていたことを言葉にするのは、すごくエネルギーを使うようだった。涙が落ちないようにしたかったけど、どうすればいいかわからない。

「はは」兄ちゃんは大人みたいに笑った。予感が当たったみたいで怖かった。

「……ひとりぼっちやだよ」

「うん」兄ちゃんはぼくの目を見た。とても長く見た。今度はぜったいに目を離さないようにと、ぼくも意識した。だけど川みたいに流れる涙が首をつたって服の中に入ってきたので、仕方なくトレーナーの袖でふいた。あとで怒られるかもしれないけど鼻水もふいた。トレーナーはどんどん濃い部分が増えていった。右腕に空いてるところがなくなったので左腕の袖も使った。

「近くのコンビニに駄菓子のコーナーがあって」声に反応して兄ちゃんを見ると、兄ちゃんはどこか別の空間に視線をうつしていた。

「行くたびに、晶のこと思い出す。笛吹きラムネがあるから」

兄ちゃんは空中で指をくるくる回した。笛ラムネを描いているのかもしれなかった。

「それから、駅前に郵便局がある。なんか晶、行っただろ。俺がバイト受けたとき」

「あ、うん」

「いろいろ母ちゃんから聞いた。だから、駅に行くと、それを思い出す」

ぼくが郵便局に行ったことを、マムカに言った覚えはなかった。買ったはがきを、リビングに置いていたからかもしれない。

「うん」

「あと」兄ちゃんは机の上に置いていた分厚い本をとり出した。いつも読んでいた本だ。

「これ読んでるとき、いつもお前がいたから、その空間を全部思い出す」

「うん」

「だから」

兄ちゃんは「ら」の口のまま、しばらく分厚い本の表紙を眺めた。表紙にはふいてもとれなそうな絵具があちこちについている。

「……まあ、そういうことだ」兄ちゃんは本をしまうと、はじめて曖昧な言葉で教えを言った。

「うん」だけどぼくにはわかった。

「うん」兄ちゃんも言うと、スケッチブックを開き一本線を引いた。ぼくはその一本線をじっくり見た。ただの線だった。兄ちゃんまた一本線をひいた。何を描こうとしているか、兄ちゃんも決めていないようだ。だけどだんだん手の動きが速くなり、この家から駅までの地図になった。地図には兄ちゃんが話したコンビニと郵便局が描き足された。たしかに駅に行くまでに、何度もぼくのことを思い出せそうだ。

あ、とぼくは思い、兄ちゃんがくれると言った絵に身体を向けた。いま、絵の二本の木はぼくと兄ちゃんに見える。ぼくはこの絵を見たときに、いまの空間とセットで思い出せるように部屋の隅々まで見た。無造作に並べられた本とCD、食べかけのにんじんのお菓子、小さなウクレレ、分厚い本、一個も使われていない延長コード、いろんな濃さの鉛筆、何が入っているかわからない段ボール、見ざるの置物。見たことがあるものと、はじめて見るものたち。

「晶、いつ帰るんだっけ?」

「あさって」

「ふーん。じゃ、母ちゃんと一緒に帰れよ。おれ、その、まあ大丈夫だから」兄ちゃんは言った。ぼくは笑いそうになった。兄ちゃんの顔は寂しさでふにゃふにゃしていて、全然大丈夫そうではなかった。ぼくはまばたきを二回する間に、マムカとトッポを食べながら新幹線で帰る場面と、一緒に焼き餃子をつくる場面を想像した。

「大丈夫だよ。ぼく、マ、母ちゃんとは、電話もしてるし」ぼくが言うと、兄ちゃんは、ほう、という顔をした。

「また、みんなでどっか行こうよ」兄ちゃんに何か指摘される前に、ぼくはつづけて言った。

＊

「うめぇこれ、舌にのせると溶けてく」

シンジュは、母ちゃんが宅配便で送ってくれた、秋田名産の「もろこし」というお菓子を食べている。最近のぼくのお気に入りで、毎回送ってもらうよう頼んである。秋田で母ちゃんに出されたとき、ぼくは厳かなときに食べる、硬くて溶けるお菓子（花とか扇子とか形も厳かで、オカみちでは売っていない、あれ）だと思って警戒した。ぼくは「あれ」がそんなにすきじゃないのだ。だけどもろこしは、溶けるけどちゃんと噛みごたえがある。ちょっとねとっとするのもいい。お気に入りは中に小豆が入っているもの。いまシンジュに出す予定はないが、冷凍庫に冷やしてある。それはアイスを食べられない日、代わりにこっそり食べている。

南優香が「わたしも食べる」と口に入れ、「おいひー」と目を細めた。手をティッシュで拭いてからコントローラーを持つ。

「たしかこの前、鮎川くんが一位だったよね。わたしは警察官だった」

「南は、すぐギャンブルするからな」

「それは権ちゃんだよ、ギャンブル好き」

「当たり前じゃん。だってあゆ、めっちゃお金持ちになる可能性もあるんだよ？」

「めっちゃビリの可能性もあるよ」

集まってゲームをするのは半年ぶりだった。六年生になったぼくたちは、まず中学受験をするかしないかに分かれた。誰が受験するのかもなんとなく知れ渡っていて、塾に通っていないぼくが受験組に入ったことは少なからず驚かれた。もちろんぼくが受験を選んだのは周りに合わせたからじゃなく、伝記マンガを読んだ結果、何事も勉強が大事だということを知ったからだ。

メンバーの中で唯一受験をしない権ちゃんが、「みんなが忙しくなる前に、もう一度ゲームしたい」と提案した。ぼくたちが大人じゃなくてよかったところは、面倒な考えごとはおいといて、またすぐに遊べるところだ。ぼくも受験勉強に必死だったけれど、シンジュの「夏休みになったら、そっから半年は遊べない」という一言で参加を決めた。ぼくの参加が決まったと同時に、開催場所もぼくの家になった。ぼくは引っ越し先のアパートの良い所を、またひとつひとつみんなに説明しておもてなしをした。

ぼくはもう噂を気にしなくなっていた。シンジュが背中を強く叩いたからか、受験勉強を始めたからか、兄ちゃんと話したからか、母ちゃんが頻繁に料理のレシピを送ってくるようになったからか、きっかけが何かはわからない。全部関係ないとも思うし、全部関係しているようにも思う。

兄ちゃんとは月に二回、手紙のやりとりをしている。ぼくが郵便局で買った63円のはきを送ったのがきっかけだった。そこにぼくは六年二組になったこと、身長が四センチ伸びたこと、上履きを新しく青にしたこと、家から学校まで12分10秒の新記録が出たことを書いた。お返しに兄ちゃんは、自分で描いた絵はがきを送ってくれた。ゴリラの絵だった。そのあと電話で「なんでゴリラ?」と聞いたら「意味はない」と兄ちゃんは言った。それからも、兄ちゃんは毎回手書きの絵はがきを送ってくれる。この前は桜の絵だった。

結局ぼくは兄ちゃんのお父さんに会わなかった。ぼくが滞在した三日間、兄ちゃんのお父さんは一度も家に戻ってこなかったのだ。ぼくは「嫌われてるかも」と落ち込んだけれど、「嫌われたところで、晶の人生は正常だ」と兄ちゃんは言った。

「この絵、前に来たときはなかったね」自分のターンが終わった南優香が言った。

「うん。最近飾った」

「すごくきれい」

「うん」

ぼくは兄ちゃんが描いたということは言わなかった。六年生でもクラスが離れてしまった南優香を、こんなに近くで見るのは久しぶりだった。

「木が動いてるみたい」

南優香がつぶやいた。そんなに大きな声ではなかったけれど、一人残らずその声に反応した。ゲームをしながら、お菓子を食べながら、兄ちゃんの絵を見た。ぼくも絵を見る。この瞬間を、兄ちゃんに伝えたいと思った。ぼくたちはいま、みんなで兄ちゃんの絵を見ている。

第二章　朝子の場合

手紙が届いたのは、春というには暖かすぎる雨の日だった。

めずらしい名前と速達のハンコがついていたので、周りを見回してから郵便受けの前で開けることにした。リンゴ四つに缶ビール三本が入ったスーパーの袋は、下に置くのはためらわれたので左ひじにかけた。差していた傘も立てかける場所がないので仕方なく袋と一緒に腕にかける。傘から水がしたたってジーンズを濡らしてしまいそうだったが、それよりも早く中身を確認しないといけないと思った。

封筒の端から破ろうとしたけれど、手作りしたらしい厚紙の封筒は端が分厚くなかなか破ることができない。フタの部分から開けようと思ったがこっちも強く糊付けされていて開かなかった。傘からしたたった水がふくらはぎを沿って足裏を濡らす。えい、と中身が破れるのも覚悟のうえで、封筒のまん中を数ミリ破き乱雑に指をいれた。

中には特売情報が載ったスーパーのチラシが入っていて、『卵 一パック120円!!』が少し破れた。向こうにしかないスーパーの名前で一気に感覚が昔に戻り、このチラシを便箋代わりにしているのだと気付く。裏を返すと、予想通り鉛筆で薄く文章が書いてあった。見破ってしまう思考が懐かしく、少し腹立たしくもなる。表の特売情報が浮いてこないように電灯の角度を加減して文章を読むと、そこにはわたしの義父だった人が先日亡くなったこと、通夜と葬式は無事終わったことが書かれていた。

もう一度はじめから目を通した。やはり義父は亡くなっているし葬式も終わっていて、速達で送る理由は見当たらなかった。マンション共有の、要らないチラシ用ゴミ箱に捨ててしまおうかしらと思ったがやめた。ちょうど達が帰ってきた。

「おかえり、早かったね。部活は？」

「ん、今日はちょっと」

「お休みだったの？」

「あーまあ」達は天井に答えを求めるように、数秒見つめてから言う。

天井を見上げる行為は、達がよくする癖だ。嘘をついているからだと思っている。そうやって行為一つ一つに意味があると思わないと、達の気持ちはさっぱりわからなくなっていた。達がほとんど話さなくなったからだ。日常生活で会話がほとんどできないというのは、悲しさなどを超えて面倒に思った。だから動作を感情のヒントにして判断する。天井を見上げる時は、何かを考えている時。中でもたいていは、言い訳を考えている時。言い訳を考えるということは、嘘をついている時。とわたしは公式をつくった。おそらく今日の部活もあるのだろう。

達は中学の頃から部活動とは縁遠かった。部活動に入ることが義務付けられていた中学校では、小学校が一緒だった友だちに誘われて卓球部に入部した。わたしはその友だちをかなり信頼していた。入部したと聞いた時は、舞い上がってシェークハンドラケットとペンホルダーラケットの両方を買ってやった。しかしその子が中学一年の冬に転校してしまったこと、ユニフォームが腿を半分隠すくらいの短いズボンだったことが達の意欲を削いだらしく、やがて幽霊部員となってしまった。転部することをわたしは何度か勧めたのだけれど、「転部したら幽霊部員になれないから」という訳の分からない理由で三年間卓球部に所属しつづけた。

高校ではわたしが強く意見したこともあって、ユニフォームがない美術部に入部した。それからまだ三週間しか経っていないのにこの様子だ。

各部活動ではいま、ゴールデンウイーク明けに行われる「学校見学会」に向けて活動している。学校見学会は授業参観のようなものなのだけど、授業だけでなく部活動のようすも親が見学できるようになっている。広報部の生徒が運営しているSNSでは先日、「【美術部】柿沼《かきぬま》校長、鋭意作製中！」という文章が、人型の粘土を囲む生徒の画像と一緒にあがっていた。どうやら美術部は校長先生の像を作っているらしかった。広報部の投稿では部活動を順番に紹介していて、吹奏楽部では演奏会が、サッカー部では新入部員全員参加の試合が予定されていた。美術部の紹介がされるまで、わたしは毎日のようにそのアカウントをチェックしていたのだけど、投稿された写真に達の姿はなかった。

「見学会、行っちゃおうかな」エレベーター前でそう言って振り返ると、達はいなかった。どうやら階段を使ったらしい。スーパーの袋、持っていってもらえばよかった。

「これはあれでしょ。ゴールデンウイークに来てほしいから、急いだんじゃないの」

夜中に帰ってきた凌平《りょうへい》に手紙をみせると、易しいクイズにわざわざヒントを出すように言った。言いながら靴下を足を使ってぽいぽいと脱ぎ、そのまま床に置きっぱなしにする。子どもたちが真似するからやめるようにと言っているのに、自分たちの部屋だからいいだろうと思っているのだ。そういうことじゃなくて、わたしは行為自体をやめてほしいのに。

凌平のその行為一つで、わたしの頭の中は文句でいっぱいになってしまう。凌平は遅くまで仕事で疲れているだろうから口うるさく言わないようにしているけど、するとほとんど毎日、わたしが凌平の靴下を洗濯機に入れることになるのだ。どうしてすぐ洗濯機に入れないの？　毎日脱いだ場所から靴下がなくなっていることになぜ気付かないの？　靴下の塚でも作ろうとしているの？　次々と出てくる文句は錠剤のように身体に溶けていくだけで、口にはしない。今日も話をそらせないので、靴下をドアに向かって蹴りとばすだけにした。靴下は氷の上をすべるように滑らかにドアの前に移った。もちろん音に気付かない凌平は、チラシの冷凍チャーハンに丸印がついていることを発見して「たしかにこれは安い」と同意している。差出人の名前を見てもまったく動じないところは、ありがたかった。

「来てほしいなんて、書いてあった？」わたしは凌平に近づき、言う。

「あるよ、ここ。一番下に」凌平が指さしたチラシの底辺には、ps可能ならお待ちしていますとお伝えください、と文章があった。ほかより薄く小さい文字。

「よく気付いたね」

「下線も引いてあるよ」

チラシを受けとってもう一度文章を見る。たしかにご丁寧に二本線が引いてあった。でもこれは明るいところでないと読めないだろう。わたしは「さすが、広告マン」と的外れなことを言って、郵便受けの前で開封したことをなんとなく伏せた。

「それで、行くの？」

「わたし？　行かないよ」

「ちがうよ、これ達のことでしょ。『お伝えください』だから」

「ああ」わたしは動じていないと思わせるように出来るだけ明るい声を出した。「達にはまだ見せていない」

「一応見せたら？」

「行くって言ったらどうする？」

「行けばいいよ。逆に達が大人になってからこれ知ったら、怒る可能性だってあるよ。あくまで、可能性だけどさ」

「でも、知らずに終わる可能性だってあるよ」

「まあそうだけど」凌平は両方の指を鳴らしたあと、鳴らせるところの骨をすべて鳴らし、

「朝《あさ》ちゃんだって隠すの苦しいでしょ。それに、晶に話すきっかけにもなるんじゃない」

と言って部屋を出た。身体の骨を鳴らすのは、凌平がお風呂に入る前のルーティンだった。

「鳴らしたほうが、湯船に入った時に余計全身がほぐれる気がしちゃうんだよ」結婚当初、照れながらそう話した。だけど癖になっている凌平は、シャワーを浴びるだけの時も鳴らす。年を重ねるにつれて鳴る音が大きくなっているし身体にもよくない気がするから、もうしばらくしたらやめさせようと思っている。

晶に家族のことを話していないのは、いつもわたしが「きっかけがない」と止めているからだった。まだこの手紙も、きっかけになるとは思えなかった。というか、きっかけと思いたくなかった。毎回わたしはそうやって話すことを先延ばしにするのだ。話して家族がばらばらになったら、怖い。だけど今回のこの手紙が、きっかけにならない理由もまだ思いつかない。

元夫が住む家に、わたしは三年近く住んでいた。その頃は義父だけでなく、義母と、義父の父親（誠一《せいいち》という名前だったので、みんな誠《せい》さんと呼んでいた）も一緒に暮らしていた。家を建てたのは誠さんで、虎の彫刻をされた欄間と、庭に植えてある「化」の形をした桜の木をよくわたしに自慢した。わたしは動物で虎が一番苦手なのだけれど、もちろん誠さんはそれを知らないし、彫刻の虎にまで恐怖するかと言われるとそうではないし、何より自慢のものにケチをつける孫嫁にはなりたくなかったから、静かにほほえんだ。桜の木も、実は落ち葉の量がすごくて、それを掃くのはわたしの役目になるのだけど、そんなことは後から知ることなので、こちらにも静かに、欄間の時よりも温かみを帯びさせてほほえんだ。

誠さんと義父に容姿で似ているところはほとんどなかった。還暦を迎えるまで柔道で鍛えていたという誠さんは、身体が衰えても顔つきに厳しさが残っており、睨めば闘犬も逃げていきそうな鋭い眼光を放っていた。義父はというと、運動は一切やらない代わりに隙間時間があれば数独パズルを解いていて、そのせいか眉間には切符くらいなら挟めそうなほど深いシワが刻まれていた。だけど胡坐のかき方や、お茶を飲んだ後に湯吞の中身を確認する目の角度、箸の持ち方、鍵がかかったか引き戸を強く引いて確認する仕草はほとんど同じで、二人が親子であることは明快だった。そしてそれらの仕草は、漏れなく孫であるわたしの元夫にも受け継がれていた。

達が生まれて二カ月後に、誠さんは亡くなった。最後の一カ月はほとんど病院で寝たきりだったけれど、達が生まれていなかったらもっと早かっただろうと義母は言った。

誠さんが使っていた部屋は、家の中でも一番陽が当たる部屋だった。部屋は空いたあとも、誰かの部屋にするのではなくみんなの憩いの部屋になった。義父はそこで数独を解き、義母は洗濯物を畳み、元夫は買ってきた甘栗をそこで剝いた。飲食をしてはいけないルールだったので、剝いた甘栗は食べずにお皿にいれるだけなのだけど、それでもわざわざその部屋で剝いた。部屋を使わなかったのはわたしだけだった。移動するほど、居心地がいいとは思えなかった。おそらく三人にとっては居心地以上に「誠さんが使っていた」ことに価値があり、わたしにはその価値がわからなかったのだ。

飲食に関すること以外にも、家にはたくさんのルールがあった。ルールというより家に染みついた習わしと言ったほうがいいかもしれない。たとえば新しい靴を買ったらまず庭を一周するとか、歯磨きをしたあと誰かに歯をイーと見せるとか、カラスを見た日は黒い食べものを避けるとか。わたしが一番厄介に思ったのは日曜の晩酌だった。日曜の夜八時から行われる晩酌では、はじめに牛乳を正月のお屠蘇のように回し飲むのがルールで、最年少のわたしはみんなが口をつけた牛乳を飲み干さなければならなかった。わたしは少しでもぬるくなった牛乳が嫌いだったし、授乳中でお酒は飲めないのに牛乳だけ飲ませられることが疑問だった。だけど義母に相談しても、この家に長くいる義母はとっくに感覚が麻痺していて、ルールだからごめんねえと言うだけだった。

わたしは何度も、この家を出て達と三人で暮らしたいと元夫に頼んだ。引っ越し資金は自分の貯金から出していいとも言った。しかし元夫は、ほかの家で暮らす生き方など考えてこなかったようで「達が大きくなったら、おじいちゃんの部屋をもらえるんだぞ」と笑って聞かなかった。わたしの言うことが冗談だと思ったのか、真剣に慰めていたのかは分からない。どちらにしてもわたしはその笑顔がだんだん耐えられなくなっていった。

達が二歳の誕生日を迎えた次の日に、離婚届を置いて二人で実家に帰った。前からこの日しかないと思って新幹線のチケット代とタクシー代を確保していた。この日しかないといっても、達の次の誕生日から一番遠い日であるだけなのだけど、わたしからすればじゅうぶんな理由だった。実家の母は荷解きをするわたしに向かって、「思い付きで動くことは、朝子の四番目にいいところで、一番悪いところね」とぼやいた。

元夫はその二日後に新幹線に乗ってわたしのもとに来て、緊張した面持ちで説得をはじめた。誠さんがよく食べていた羊羹と、わたしの好物であるリンゴを母に渡していた。

「嫌な仕事があるなら、言ってみろ。桜の掃き掃除か？」「おれに気に入らないところがあるのか？」「おじいちゃんの部屋だったところを朝と達の部屋にしてもいいぞ」

それらはすべて、元夫が握るメモのような紙切れに書かれているセリフだった。一個目は暗記していたようでわたしの顔を見て言ったけれど、それ以降はちらちらとメモを見た。義母に聞いて書いたものかもしれないし、言ってこいとメモを渡されたのかもしれない。元夫が人との関係を修復する力を持っていないことは結婚前から分かっていたから、どちらもあり得た。元夫の意思でメモに書いたならば愛しいと思えたかもしれないが、仮にそうでも離婚とは別の次元の話だった。

わたしは何かを特定して嫌だと言うことはできなかった。メモに書かれたことについてはどれも離婚のきっかけではなかったし、原因となる家族の様々なルールを声に出して否定するのは、元夫の家族全体を否定してしまうように思えた。そんなことをするまでわたしはこの家族を恨んでいないし、言う勇気もなかった。わたしは「ごめんなさい」をくり返した。日が暮れる頃に元夫は離婚届にサインし、達の頭を人差し指と中指の二本で撫でてから帰った。

向こうから連絡がきたら三人で会ってもいいかな、とわたしが思うあいだ、連絡は一度も来なかった。達と無理やり別れさせてしまったことは申し訳なく思っていたから、達の誕生日にさえ連絡が来なかったことには驚いた。一年が過ぎてしまうと、わたしは彼らを気にする気持ちもなくなった。

義母が亡くなったという知らせを聞いたのは、わたしが再婚の連絡をした時だった。元夫に知らせる必要はないと言ったのはわたしだけで、母は報告すべきだと主張し、凌平も母に賛同した。すべては達のためだと母は言った。わたしは全然乗り気ではなかったが、言われるままに報告した。元夫からは祝福の言葉と一緒に、そういえば、と二年も前に義母が亡くなったことを伝えてきた。わたしは自分が「再婚報告しない派」だったのを忘れ、すぐに伝えなかったことを電話越しにくどくど叱った。元夫は「へえい、へえい」とふざけた相槌をうった。達に電話をかわりたいと言ったらどうしようかと迷っていたが、元夫は達の身長と体重だけ聞くと「よかったな」と身長体重に向けてなのか、もう一度わたしに向けたのか、とにかく祝福の言葉を言って電話を切った。それから連絡は一度もしていなかった。

カレンダーを見る。ゴールデンウイークまで、あと三日しかない。もし会うのだとしたら十四年ぶりだ。十四年。父と息子の、二歳から十六歳の十四年。ここには今後どんなに一緒にいても味わえないことがつまっている。その時間を共有してこなかった父親に、達が今さら会いたいと思うだろうか？

もう凌平に手紙を見せてしまったので、話をなかったことにはできなかった。見せた行為を後悔しそうになる。だけどきっとわたしの行動は正しい方向に進んでいる。そう言い聞かせないと、わたしは簡単に逃げてしまいそうだった。達とは元夫の話など、できればしたくないのだ。だってもし万が一、達が元夫と暮らしたいと言ったらわたしは何て言えばいいのだろう。ただでさえ意思疎通がとれない達が遠くに行ってしまったら、わたしはどうやって母親をやればいいのだろう。この本音から目を背けて、きちんと達に元夫の話をすることを、わたしは正しい母親像としている。正しい母親であるべき理由も分からないのに。

達とはこれまでに二回だけ、元夫の話をしたことがあった。一回目はわたしが再婚する時だった。二歳までの生活をどれくらい記憶しているかと、具体的な地名や、「お父さん」などの言葉は使わず、不親切にそれだけを聞いた。達は首を斜めに傾けるだけで何も言わなかった。まだ五歳だった。それなのにわたしは、「覚えていないみたい」と都合よく解釈した。

二回目は、達が小学二年生の時に描いた桜の木がきっかけだった。図工の授業で描いたという桜の木は「化」の形をした枝と、竹でできた後ろの柵で、あの家の桜だということは一目で分かった。見た途端、口の中にじわりと牛乳の味が広がるほどだった。味がしなくなってからやっと達の絵のうまさに気付いて、慌てて褒めた。その頃の達はまだわたしに対してもおしゃべりだったから、竹の柵はまず土で色をつけたとか、桜は美術室にあった何種類ものピンクを全部使ったと、無邪気に話した。だけど「この桜、どこで見た桜？」とわたしが質問すると、また達は首を斜めに傾げてしゃべらなくなった。わたしは記憶についての質問をやめて、絵そのものについての薄い質問（たしか、どこの土を使ったの？　とかそんなもの）をした。達はまたにこにこ笑って答えた。その絵は区のコンクールで入賞し、三週間のあいだ区役所の掲示板に貼りだされた。——そう、だから、二回目はカウントできないくらい、記憶の縁を触れただけだ。そしてそれ以降は、思い出したら達から話すだろうと放っておいた。

もしかしたらいまの達に話をしても、わたしに気を遣って本心を言わないかもしれなかった。そうなった時わたしは、達の本心を読み取れるだろうか。本心が「会いたい」だったら、会わせるのだろうか。達のことが分からないから、どれも自信がない。自信がないのが哀しい。達と一番一緒にいるのはわたしなのに。

二日後の夜だった。お風呂上がりの達が急にわたしたちの部屋に入ってきた。

「どうしたの？」わたしは言った。夫婦が揃っている時に子どもが部屋に入ってくるのは、たいてい何か話がある時だ。だけど達は何も言わず、代わりに凌平が「僕が来てって言った」とわたしに優しい顔をして言った。どうやら凌平には、言おうかどうか悩んでいたわたしの行動が、言うタイミングを悩んでいるように見えたらしい。凌平の表情はなんでも任せられる船長みたいだったけど、わたしが乗りたい船ではなかった。達は両親が揃って真剣な顔をしていることに少々緊張したのか、下唇を噛んだ。

凌平が応援するようにわたしの背中に手を置く。おそらく話すのはわたしからがいいと思っているのだろう。そういう気遣いを凌平はしてくれる。凌平の長所だった。自分で何もかも決めずに、わたしの意見も尊重しながら前に進むことは、ずっとわたしが欲しかった家族の形だった。なのに今はこの手を振りほどきたくなっている。責任逃れとさえ、思ってしまっている。

わたしはこれまで何度も考えた、話すほうがいいのかどうかをもう一度考えた。だけど頭が回らず答えがでないので、今度は話さないための誤魔化しを考える。こちらもまったく思い付かない。

見つめていると、達はすべてが分かっているのではないかと思えてきた。わたしが隠していることを知ったうえで、黙っているように見える。それなら早く話すべきだ。でも知らなかったら？　ろくに考えられないわたしの頭も、ブレーキだけは踏んでくる。

長い時間待たせていると思って時計を見たけれど、達が部屋に入ってきた時刻を知らないので、何分経ったか分からなかった。立って待つ達はわたしをわざと見ないようにしていて、すべて知っている以外考えられなくなってきた。覚悟を決めて、手紙を引き出しから出す。

「二歳まであなたのお父さんだった人から手紙がきたの」

わたしは封筒からすっとチラシを出した。

「え？」達は気まずそうに凌平の顔をちらと見てから、「たっ」と噴きだすように笑った。

「急に解禁になったの？」

達は笑わないようにしているのか、口を手で押さえて言った。その言葉は、どれほど元夫について知り、考えてきたかを表していた。笑ってしまうほど、達はこのことを長い時間一人で考えていたのだ。どんな時に何をきっかけに考えたのだろう。元夫のことを調べたことがあるのだろうか。それとも妄想してきたのだろうか。なんにしても達の行動は健気で、先ほどまでこの件を誤魔化そうとしていた自分が恥ずかしくなった。

時計の針がかちゃんと鳴った。この部屋の時計は秒針の動く音がしないので、そのぶん長針の音が大きく聞こえる。しばらく針の音の余韻があったがそれも消えた。

「ごめんね」わたしが言うと、謝るのも違うような空気になった。達はわたしの謝罪には触れずに、「読んでいい？」とチラシを受け取る。

達はチラシをいろんな方向から眺めて、裏の特売情報を見て、光の反射を確かめてから文章を読んだ。読んでいるあいだ、達の身体はどこも動かなかった。呼吸すらしていないように見えた。

「はい、読んだ」三回は文章が読めるだろう時間が経つと、達は言った。わたしは達の顔をじっと見た。読んでどう思ったのかを、読み取るために。だけど達は冷静を装っているのか、部屋に入ってきた時とほとんど同じ顔をしていた。お風呂で温まっていた赤い頬が通常に戻ったくらいしか違いがない。

「もし行きたかったら」わたしが黙っていたからか、凌平が口を開いた。「僕かお母さんが一緒に行くし、行かなくてもいいし」

「え」達はゆっくりにやける。「父ちゃんがいい、って言ったらどうすんの」

「どうするって、行くよ」

「ふうん」達はもう一度チラシに目を通して、

「まあでも、母ちゃんと行くよ」と長い伸びをした。その仕草で少し空気が緩む。

「え？」急に出したわたしの声は裏返った。「わたし？　あ、行く？」

「一人でもいいよ」達は軽々しく言い、ふくらはぎをストレッチするようにその場で足を曲げる。近場までランニングする話をしているようだった。

「へえ〜」わたしは口が開いてしまったのでなんとか声を出した。間抜けな声だった。これまでうじうじと考えてきたのが馬鹿らしく思えてくる。

達は入念にストレッチをしている。もちろんこの子を一人で行かせるわけにはいかない。

「い、一緒に行こう」わたしは言った。「明日手土産買って、明後日の朝に新幹線で行こう。で、終電で帰ろう」

達の決断に影響されたのか、予想外の状況で混乱していたのか、我ながら勢いよく言っていた。二人の男は急にわたしが主導権を握ったことに多少驚きつつも、ゆだねるように首をたてに振った。

リビングにあるカレンダーには、『達　学校見学会』と嘘を書いた。「達」と言ってカレンダーを見せると、達は片手をあげて応えた。次の日わたしはいつも行くお店で、いつもは買わない大きなバウムクーヘンを買い、書店で小説を二冊買った。

＊

車窓から見える景色には、こどもの日に向けて鯉のぼりをあげている家が多くあった。風がないのか、みんなだらりと怠けている。マンションに住んでいると鯉のぼりを飾ることは難しくて、うちでは達と晶がそれぞれの保育園時代に作った鯉のぼりを玄関に並べて置いている。二人からは何度もやめてほしいと言われたけれど、毎年根気よく飾ると何も言われなくなった。達は藤色の画用紙、晶は緑色のフェルトと種類はまったくちがうのに、並ぶと兄弟みたいで可愛い。

新幹線がトンネルに入ると、達はつまらなそうに目をつむった。道中で達の話をたくさん聞けると期待していたけれど、達はわたしを全くの他人に見せたいかのように冷たく接した。少し空きがあった座席に、達ははじめわたしとバラバラに座ろうとさえした。高校生でもまだ母親と二人並んで外を歩くのは恥ずかしいらしい。半ば叱るようにして隣に座らせた。だけどこれまでで新しく分かったことは車内販売でブラックコーヒーを選ぶということくらいで、それ以外はというと最近の高校生活は「まあまあ」だし、授業の難しさは「ふつう」だし、明日の夜に食べたいのは「なんでもいい」だし、そんなことは聞いただけ虚しい。

トンネルが終わると、達は目を開けた。窓辺に置いてある大福の横に緩く頬杖をつき、外の風景を見る。大福を相棒に旅をしているみたいだった。朝の白い街並みが眠気を誘ってきたけれど、達はどんな体勢をとっても寝ることだけはしないようだった。

先ほどまでは右手の人差し指と小指をたてて、大福の長さを測っていた。郵便局で封筒の厚さを測る定規みたいに大福の幅に指を合わせて、その指を動かさないようにしてほかの物体を測る。大福の正確な幅の数値を知らないのに、それをする意味は分からなかった。でも誰かに見られたところで、説明しない限り変な子とは思われないだろうから、わたしは小説を読むふりをして、達の手で作られた大福を一緒に数えた。窓の幅は大福八つ分。テーブルは大福六と二分の一つ分。達の左手は大福二と三分の一つ分だった。そう、だから、達の手は大福二と三分の一つ分。新しく分かったことの二つ目。

いま右手は膝のうえでピアノを弾いている。小さい時から達の手はよく動き、飛行機にも動物にも海にもなった。子どもというのは簡単に想像の世界に行ける生きものだから、この頃は何も心配していなかった。むしろおもちゃを使わない達は、豊かな想像力を持っているのだと自慢に思った。たしか初めて凌平に達を会わせた時も、特技の一つとして紹介したのではなかっただろうか。

それが叱る対象になってしまったのは、単に大きな音を出すようになったからだ。指を動かすだけでは感情が抑えられなくなったのか、達は壁を蹴るようになった。リキヤくんが引っ越してからのことだった。

リキヤくんは達の小学校からの友だちで、中学で達に「運動したほうがいい」と卓球部に一緒に入部した例の子だ。達の手の動きを想像力の一端だと尊重してくれて、達の絵を最初に褒めた同級生もリキヤくんだった。たしか「利器也」と書いた。時々うちにも遊びに来てくれたのだけど、小学生のころから清潔感と礼儀正しさを備えていて、リキヤくんが近くにいるだけで達は「変わった人」と扱われなかったように思う。

リキヤくんは中学一年生の冬に北海道に引っ越してしまった。達の所属する友だちグループにはすべてリキヤくんが含まれていたから、リキヤくんの転校はかなり大きな出来事だった。達は感情の整理に時間がかかったのか、季節が春に変わってから壁を蹴るようになった。

いま思えばそれは一時的な癖ではあったのだけど、直すのには少々苦労した。達の言い分としては「意味はなくて、壁に足裏をつけて寝ていたら蹴ってしまった」ということだったのだが、どんな意味があるかはこの際関係なく、むしろ故意ではないことは改善の難しさを強めていた。わたしは壁のそこかしこに「蹴らない！」と書いたメモを貼ったり、メモ用紙の色を白から濃いピンクに変えたり、壁付近で寝っ転がること自体をやめるように注意したが、そもそも無意識なのでどれも効果はなかった。最終的に達の足に、リンゴを包んでいたフルーツキャップを穿かせてみた。緩衝材になるかと思ったのだ。フルーツキャップは歩くと潰れてしまい、わたしをすぐに幻滅させたが、なぜか穿いたその日から達は壁を蹴らなくなった。まだ八歳だった晶がおもしろがって欲しがり、達が使わなくなったフルーツキャップをリストバンドのように腕につけていた。

蹴りが治まって安心したのも束の間、目立つようになったのが走る行為だった。それまでにも見かけることはあったが、せいぜい三日に一度だったのでただの運動不足だと思ってとやかく言わなかった。だけど「外、走ってくればいいのに」と提案すると、達は不思議な生物を見るようにわたしを見た。おそらく達はこの時も無意識で走っていたのだ。

回数が増えると運動不足では片付けられなくなった。獣が持つような集中力を放って走る達は、知らないところに行ってしまいそうで怖かった。わたしは達の肩に手を触れたり、視界に入るように手を振ったりしてそれを止めさせた。達は身体をびくりとさせて悪夢から目覚めた表情をする時もあれば、邪魔者扱いをしてわたしを睨むこともあった。

走ることにすら慣れてしまうと、大きな声でぴしゃりと言うだけになった。大きな声というのは怒っていなくても、怒っているように聞こえた。それにだんだん感情がついてきて、叱る時と同じ状態で言うようになった。達には申し訳ないけれど、いまのわたしはもう達の行為に慣れないように、反射的に言うしかなかった。わたしが慣れてしまったら、達はこのまま社会に出てしまう。他人の前でそのように行動すれば、回りまわって達が傷ついてしまうかもしれなかった。それだけは避けなければならない。

「コーヒー、もう一杯飲んでもいい？」

達に話しかけられて、開いている小説がまったく進んでいないことに気付いた。

「いいけど、お腹たぷたぷになっちゃうよ」

「大福たべるから、飲みたい」

大福にもコーヒーを合わすんだ、と言うと「まあ」とだけ返事がきた。わたしはコーヒーをほとんど飲まないから、家でコーヒーを淹れるのは凌平一人だけだった。帰ったらインスタントコーヒーも買っておこうと思う。達は大福とコーヒーをちびちび消費すると、目をつむった。右手が大福を包んでいたフィルムをくるくる回していたから、寝ているわけではなさそうだった。

駅のロータリーで行われた達の引き渡しは、あまりにもスムーズに終わった。

ロータリーにはわたしたちの他にも迎えの車がたくさんいたが、ナンバープレート「4074」はすぐ見つけることができた。わたしが一緒に住んでいた時と変わらないこのナンバーは、みんなが忘れないように、と義父が好きな果物の「洋梨」に語呂あわせしたものだった。そう決めてきたのは元夫だった。「用無し」にもとれる、と落胆する義母とわたしに向かって元夫は、「梨」をどうやって四文字にするか苦労したのだと的外れな反論をした。義父の好物は和梨であって洋梨ではない、と義母は見事に論点をずらしていき、わたしは洋梨を買いに行くはめになり、最終的に洋梨を初めて食べた義父が和梨と同じくらい好きだと判明したので一件落着となった。誰も、一度もナンバーを忘れなかった。

わたしは自分も家までついていって一緒に過ごすものだと思っていたが、達は観察するように車を凝視すると、「じゃ、六時に」と手短に言ってわたしから離れた。わたしは二度、一緒に家まで行くと言ったけれど達は頑なに大丈夫だと断った。

運転席から降りてきた元夫は白髪が目立つようになったくらいで、こけた頬に鴨のように尖った唇、融通が利かなそうな丸眼鏡（よくドラマに出てくる意地の悪い教頭先生はだいたい似ていた）はそのままだった。チョッキを着て小綺麗にしている。

「ええと、お、大きくなったな」と練習したように達に言うと、「今日は家で飯を食い、ひとしきり家で過ごし、時間があったら釣りをします」とわたしに言った。

買ってきたバウムクーヘンを渡す。元夫はあたふたしながら財布をとり出した。

「手土産なんだから、お金はいいわよ」

元夫は「うん」と分かっているような顔をして答え、何か紙切れを渡してきた。駅周辺で使える薬局と牛丼屋のクーポンだった。三枚つづりの合計六枚。わたしはいろいろ言う前にまず「どうも」と言った。

「結婚おめでとう」それに対して元夫は言った。

たしかに会わないあいだに起きた大きな出来事だけど、はじめは誰のことを言っているかさっぱりわからなかった。やっと理解してからもう一度「どうも」と言うと、元夫はOKサインをだして車に乗り込んだ。わたしはもっと何か言わないといけないと思って慌てて車の窓を叩いたが、窓を開けた元夫があまりにも呆けた表情をしていたので何を言えばいいかも忘れてしまった。

「じ、時間を一分でも過ぎたら警察に通報します」脳みそを通さずに勢いでわたしが言うと、元夫は大きく頷いて窓をしめ、あっという間にいなくなった。

駅構内も周辺もリニューアル工事がされていて、わたしが知っている風景ではなくなっていた。地形が同じなのに知らない店に変わっているのは無神経にも寂しく思った。しばらくネットで行き先を調べているうちに、久しぶりにピザ屋に行こうと思いついた。お店の名前は忘れてしまったけれど、一人暮らし時代に通っていたピザ屋があるはずだ。店内が薄暗く、ザ・ビーチ・ボーイズが流れていて、一人でピザを頬張っても恥ずかしくない店だった。仕事がうまくいった日もいかなかった日もそこで過ごすことに決めていた。ピザは生地が薄くシーツのようで、カリカリに焼かれた耳を持ちあげるとチーズと一緒に生地がてろんと垂れた。わたしはそれをお行儀悪く下から口にいれて食べるのが好きだった。結婚してからは一人でピザを丸ごと食べることだって夢の行為だ。

　ピザ屋に向かう道の途中、わたしは「あっ」と喉の奥で小さく声を出して立ち止まった。十数年前と変わらぬ場所に、よし子の家があった。朱色の屋根をした平屋は、わたしの思い出をたくさん纏って建っている。

　よし子は時計を抱える女の子の置物で、名前はわたしが勝手につけた。二重玄関の横にある十文字形の窓がよし子の定位置だった。窓には他に何も置かれていないのに、いつも左の端っこにいた。玄関と窓の間に「倉橋《くらはし》」という表札があるので倉橋さんの家なんだろうけど、倉橋さんには一度も会ったことがない。

　よし子はいつも外に向かって時計を見せている。その時計はギリシャ文字で数字が刻まれており、金色の三本の針が優雅に動いていた。いつ見ても時計は正確な時刻を示していて、ほこり一つなく磨かれていた。

だけどよし子は、のっぺりとした顔とピンクのドレスは陶器、肩にかかる黒髪は髪の毛に見える素材を使用されており、初めて見た時は悲鳴をあげるほど怖い姿をしていた。ただ、ピザ屋に行くためには必ずよし子の前を通らなければならないので、怖がらないために名前をつけた。きっと「良い子」なのだ、と思って「よし子」にした。

名前をつけた途端、よし子は頑張ってお洒落をするかわいい女の子になった。お洒落をしたのに力仕事をしているのが健気にも思えた。当時社会人二年目だったわたしは、仕事に対しての頑張り方が分からなくなっていて、どれだけちっぽけなことでも「頑張る」「健気」「努力」などのキーワードに触れると泣きそうになるほど弱っていた。だから一時期はよし子の前を通るたびに涙ぐんでいた。よし子が頑張っているからわたしも頑張らないと、と同志のような存在に格上げすることもあった。ただよし子のことを思うのは、この家の前を通る時だけだった。

十数年ぶりに再会したよし子は、顔とドレスは白く日に焼け、持っている時計も止まっていた。だけど見ているうちに、当時は涙ぐむ時期を過ぎたあと、願掛けや、恋人に対しての愚痴もよし子にしていたことを思い出した。愚痴といっても家の前を通る間だけだから、「あの野郎、どういうつもり！」とか「言ってる意味が、分かんねえよ！」など、同僚にも言わない口汚い言葉を心の中で叫ぶだけだ。だけどよし子はもちろん毎回黙って聞いてくれるので、それだけですっきりした。

よし子に吐き出してみると、それと同じ内容を、当時恋人だった元夫にも言えるようになった。もちろん言葉は選んだけれど、たとえばわたしとの電話を途中で切る理由や、メールをほとんど返さない理由、わたしと呑む前に家で呑んでくる理由や、手を繋いで歩きたがらない理由を一つ一つ説明してもらった。それらには元夫なりの事情があるものもあれば、意味もなく思い付きでやっていることもあった。意味のないことだったとしても、「意味がない行為」と分かっただけで、わたしの心は大いに救われた。

これほど理解できない人が父親となると、達のことが分からないと嘆くのも些細なことに思えてきた。と、同時にガチャンと二重玄関が開いた。よし子の家から男の子が出てきた。

まだ小学生にもなっていないだろう小さな男の子は、クマのぬいぐるみを抱えぼんやりした顔でガラス越しにわたしを見た。間もなくその子のお母さんらしい女性も出てきた。「こんにちは？」ガラスの引き戸を開けたお母さんは不思議そうにわたしに言った。髪の毛をきれいに束ねていて、子ども用の上着を鞄にしまうところだった。

「あ、こんにちは。すみません」わたしは自分が害のないことを示すようにぺこりと挨拶をしてその場を去った。後ろから男の子の「だれー」という声が聞こえる。

少し歩いて振り返ってみる。もうその親子は反対方向のずっと先を歩いている。安心して角を曲がると、お目当てのピザ屋は潰れていた。代わりに建っているカフェはすでに老舗感があり、窓から見える範囲にも数人のお客さんがいた。わたしは残念に思ったが、それほど落ち込んではいなかった。

さっきの親子がいないことを確かめて、来た道を戻る。牛丼屋に行くのは癪だったので、ファミリーレストランでピザを食べることにした。

助手席から降りてきた達は発泡スチロールの箱を抱えていた。

「なにそれ？　あ、おかえりね」

「ニジマス」達は箱についている紐をのばして肩にかける。

「待って、それ持って帰れないよ。晶に説明できないじゃない」

「まあ、釣り部のイベントで釣ったってことにすれば」

「釣り部なんてあるの？」

「ないけど」

「じゃあ駄目じゃない。ねえ、悪いけど持って帰って」元夫に向けて言うと、ちょうど後部座席からもう一箱の発泡スチロールを出したところだった。紐をのばして肩にかけ、「釣り部が急遽できたことにして。こっちはイワナだけど合わせたら九匹あるから」と言う。

元夫はなんでもかんでも相談せずに持ってくる人だった。わたしが妊娠している時も、趣味ではない格闘漫画を全30巻揃えてきたり、甘いものを控えている中ケーキをホールで買ってきたりした。この頃はもう元夫の行動でいちいち悩まなくなっていて、文句は言ってもプレゼントは嬉しかった。どんなに的外れでも、元夫が用意するものはついでや押しつけではなく、わたしが喜ぶことを願って持ってくるプレゼントだった。その証拠に、わたしが感謝を伝えると元夫はわたしよりも喜ぶのだ。わたしはプレゼントよりも、その顔を見るのが好きだった。――でもそれは、とっくに昔の話だ。

「そんなにいる訳ないじゃない。というかこれ、生きてないよね？」

「うん、締めてある」

「でも新幹線だから。においでだめね」

「あんまりしないよ」達が箱に顔をよせて雑に嗅いでみせた。

元夫は何かを思いついたのかまた後部座席に回り、ビニール袋をとり出した。明らかに箱は入らなそうなコンビニの袋で、それでも無理やりに達の持つ箱の下から伸ばすように入れる。袋はヘビが大きな獲物を丸呑みしたようにぱつぱつになり、それでも箱の半分も覆えていなかった。

「ああもう、じゃあ達の一箱だけもらうわ。ビニール袋は買いましょう」まだ新幹線の時間まで三十分以上あったが、わたしは急ぐような仕草で腕時計をみた。当然元夫に控えめな合図は通用せず、

「それがいい。ああ、クーポン渡したドラッグストアに袋が売っているかもしれない。もう使ってしまったなら、もう一枚やるから、買いに行こう」と財布からクーポンをとり出した。

「駅のどっかでもらうから大丈夫。それと悪いけど、クーポンは使わなかったわ」わたしはもらった券を返す。

「ああ、ああそうか。じゃあおれはこれで牛丼を食おう」元夫は指で挟んだクーポンをわたしたちに見せてから、ぴりぴりと一枚分を破った。それらを財布にしまうと、

「今回は、どうも、ありがとう」とわずかに頭を下げ、照れたように左手をのっそり挙げた。達は元夫の動作をじっくり見てから「うーす」と軽い会釈をすると、駅に向かって歩き出した。階段をのぼる手前でわたしが振り返ると、元夫はまだ左手を挙げていた。

達は構内を早足で歩いた。駅の地図が頭に入っているわけでもないのに、わたしの前を歩く。ここにきてまだ母親と並ぶのが嫌なのかと思うと哀しくなった。さっきよし子の前で無理に理解しなくてもいいと悟ったばかりなのに、息子を前にするとそんなわけにもいかなくなる。だけどお土産屋に入ると、達は大人しく後ろをついてきた。新幹線で食べる用の小さなお菓子を二つと大きなビニール袋、お弁当を二つ買った。最後に見せられた牛丼のクーポンが頭に残っているのか、二人とも焼肉弁当を選んだ。

座席に着くと、達は発車する前にお弁当を食べはじめた。大きな口で焼肉をほおばり、嚙んでいるあいだは窓の外を見る。なんだかぎこちなくて、わたしに話しかけられるのを拒んでいるように見えた。わたしはそれに気付かないふりをして、自分のお弁当を食べながら日中は何をしたのかと質問した。

達は元夫が言った通りのスケジュールで今日一日を動いたらしかった。細かいところは「なんだっけ」とはぐらかされて、昼にうなぎを食べたくらいしか具体的なことは教えてくれなかった。うなぎは達が家に着いた時にはすでに配達されていて、お椀にお湯をいれたら御膳が完成するように配膳されていたので、少し早めの昼ご飯となったらしい。

話しながら達は、わたしの倍の速さで焼肉弁当を食べ終えた。肩回りをストレッチするふりをして、わたしの焼肉弁当を鳶のように上から眺める。食べたいかと聞くと、「残ったらでいい」と言うので四分の一を残してあげた。それすらも食べ終わると「ああ、あと麻雀した」と思い出したように言った。

「二人で?」

「まあ、やるっていうか教えてもらった」達は空になった弁当箱をまとめ、ポケットからイヤホンを取り出した。

「たのしかった?」イヤホンをすればシャットアウトされると思い、単純なことを聞く。

「あー。ああ」

達は、何か腑に落ちたように柔らかな表情になった。

「そうだね」

それから自分に言い聞かせるように「たのしかったな」と言った。何か思い出しているのか、イヤホンは手に持ったままだ。

達がはっきりと感想を言うのは久しぶりだった。わたしは要らぬことを気付かせてしまったと思った。もしこれがただの旅行であれば「また行きたい?」とか「特に何が楽しかった?」とか追加で質問しただろうけど、今は質問すればするほど、元夫との結びつきを強めてしまう気がする。

わたしはペットボトルのお茶を一口飲んで、「いいね」と空っぽの相槌を打った。

さっきまで達がぎこちなくしていたのは、ただ感情が追いついてないだけだったのかもしれなかった。ほとんど初対面の父親に会って、長い時間二人きりで過ごしたのだ。混乱するのも自然のことのように思える。しかもそれが楽しかった。具体的に何が楽しかったんだろう。

駅を一つ通過し車内販売が近づくと、「あっと」と達はイヤホンをとって、「コーヒー、飲んでいい?」と聞いてきた。

「コーヒー、好きだね」

「……母ちゃんも、飲んでみたら」

「え、わたしはお茶持ってるから」

達は「ふうん」と言って、高級万年筆を扱うように、大事にイヤホンをケースにしまった。わたしは支払いを済ませてから、販売員のお姉さんに謝ってもう一つ購入した。

「やっぱりわたしも買っちゃった」車内販売が去ったあと、達に言う。

「ああ、うん」達はコーヒーを受けとり、蓋を開けた。もわんと湯気が広がる。

「お砂糖もミルクも入れよっと」わたしは必死に話しかけていた。会話を終わらせたくなかった。達は「ああ」と、短いけれどはっきりした声で相槌を打った。

「熱っ、まだ飲めないね」

「うん」

達はふうっとコーヒーを冷ますように息を吹きかける。吹きかけた部分だけ湯気に穴が空き、すぐ塞がった。

次は何を話そうかと立ち上る二つの湯気を見て考えていると、達は上を向き天井に息を吐いた。そのまま天井を見つめる。わたしはこれまでの会話に嘘があるのかと、自分の公式に当てはめて思った。だけど達の顔には満腹時のような充実感があり、嘘をつくとは思えなかった。何か言いたげだった。わたしは横目でちらちらその表情を見ながら、達を待った。

「あの、ありがとう」達はゆっくり正面を向いた。「その、コーヒーと、これ」

「これ?」

「えーっと、一緒に、ここまで来てくれて」

それから可愛い咳払いをして、「本当はもっと早く言おうとしたんだけど、忘れてた」と照れながら言った。

「あ、ああ、ううん」わたしは予想外の言葉に動揺して、コーヒーを一口飲んだ。まだ火傷しそうなほど熱いのに、なぜかもう一口飲んだ。お砂糖とミルクをたっぷり入れたけど、味を感じることはできない。

「わたしも久しぶりに降りたから、いろいろ変わっててびっくりしたよ」心が温まっていく速度につられて、早口になる。

「へえ、ああ、そうか」まだ熱そうなコーヒーを、達は音を立ててすする。今日の中で一番柔らかい表情だった。その表情のまま、また天井を見た。もうわたしの頭に公式は浮かばなかった。達を見ながらゆっくりカップに口をつけると、今度は甘いことだけが分かる飲みものになっていた。

次の駅を知らせるアナウンスが流れた。わたしたちの駅までまだまだある。

「母ちゃんは、学生の時から住んでたんだっけ」

「え、ううん、社会人になってから。配属先がね、そこだったの、会社の」わたしも同じタイミングで質問しようと息を吸っていたから、散漫な答えになってしまった。

「ふうん」

「達は今日、特に何が楽しかった？」

「特に？」

「特に」

「うーん」

達は窓の外を見た。わたしの席からだと、通路を挟んだ向こうの席の人が反射で見えるだけだった。椅子を大きく倒して寝ている。

「家の中見たり、庭の木を見たり、駅の近くの蓮を見たり、したことかな」わたしに僅かに顔を向けて、達は言った。

「家の中？　何か変わったところあった？」

「うちとは違う構造だから」

「それはそうね」

達はまっすぐ自分の手のひらを見ている。会話は終わってしまったようだ。手のひらに何か書いているのかと思ったが、もちろんただの手のひらだった。何で見ているかさっぱり分からない。わたしはでも、この分からない息子の隣にずっといようと思った。達が望む限り、ずっと一緒にいようと思った。

間もなくして達は寝てしまった。寝顔はまだ幼く、わたしは二人で家を出ていった時のことを思い出した。二歳になったばかりの達はほとんどの時間眠っていたが、起きても大人しくしていた。二人で一緒にアイスクリームを食べた。車内販売のアイスクリームは、特別な日にぴったりの味だった。

達が起きたらまた一緒に食べようと思った。達はなかなか起きない。

＊

無慈悲にも、一日の中で一番好きな時間である夕方の五時半に電話はかかってきた。録画した連続テレビ小説からは言い合いのシーンが流れていて、コール音は図々しくそれに介入するように鳴った。三回目が鳴ったところでわたしは叫ぶ勢いで息を吐き、一時停止ボタンを押してから両手をテーブルについてゆっくりと立ち上がり、家の電話もサイレント設定にできないかと考えてから、六コール目で出た。

電話は達の担任からだった。崎元《さきもと》先生という坊主頭の男性で、たしか化学が担当だった。入学から半年が経ったにもかかわらず、ママ友と呼べる人もいなければ、達が先生の話をすることもないので、四月に配付された「先生紹介」で得た情報しかない。崎元先生は適当に挨拶を済ますと「あのー……」と気まずそうな助走をつけて、坪内君が無断欠席している旨はご存じですか、と一息に尋ねた。わたしの驚く声に先生は少し同情するような声色をのせて、月曜日から四日連続で学校に来ていないことを静かに告げた。

「でも」わたしは言う。毎朝家を出るのは、わたし→晶→達→凌平の順だから、学校に行かなかったら凌平が気付くはずだ。それにさっき洗面所で見かけた達は制服を着ていたし、先週買ってあげたベージュのセーターも羽織っていた。と、そこまで考えて、崎元先生にどれを伝えたらいいか分からず言葉に詰まってしまう。

「えー……と、来週から中間試験がありますので欠席するならばご連絡くださいー……登校できるなら保健室で受けることも可能です」

崎元先生が掠れた声で母音を伸ばすのは癖であるらしかった。こういう事態に慣れているのか、必要事項だけ伝えると電話は切れた。担任ならもっと事情を聞くべきではないかとも思ったが、あの調子で長々と話をされるよりずっと良かった。

「電話？　だれ？」自分の部屋で宿題をしていたはずの晶が、いつの間にかリビングにいた。

「ううん、大丈夫」何がううんで、何が大丈夫なのか判断できないまま言う。

「ふうん」

「ねえ晶っていま、最初に家に帰ってくるよね？」

「うん。今日は二時四十五分」晶は言いながら部屋から持ってきていた宿題をテーブルに置いて「これ、まだ途中？」とテレビ画面を指す。

「ううん、終わった」終わってないけど、もう観る気にはなれなかった。晶は朝ドラを観る時のわたしにかなり気を遣った。安心したように宿題を広げる。

カーテンを閉めようと窓の外を見ると、太陽は沈んだばかりで薄い紫色をしていた。この空が好きなはずなのになんだか怖くなって急いでしめた。窓に張りついていた冷気がさっと顔にかかる。今日は天気予報で十二月並みの寒さと言っていた。でも十月だって、毎年これくらい寒かったような気がする。

「晶、ご飯ちょっと待ってね。宿題終わったら薄皮パンひとつ食べてもいいよ」

「はあい」晶は算数ドリルを解きながら、鉛筆を挙げて応える。

わたしはそっとリビングのドアを閉めて、凌平に報告しようと自分の部屋に向かった。充電中のスマートフォンを手にとると、高校からの着信が入っていた。着信履歴は五時二十六分だったから、おそらく固定電話の前にこちらに連絡していたのだろう。緊急連絡先として伝えている電話番号はわたしと凌平の電話だから、もしかしたら凌平にも連絡がいっているかもしれない。でも凌平からは何のメッセージもきていなかった。

ふと、報告は後にしようと思い直す。今から凌平に相談したところで、仕事を切り上げて帰ってくるとは思えないし、木曜日は深夜までかかる日だから、凌平を待てば達と今日の内に話すのは難しい。今日話さなければ、緊張感なく明日も休む予感がする。わたしは何もせずリビングに戻った。

夕飯はピザをとることにした。担任の電話は徐々にわたしの体力を削っていて、もう家事に回せる力は残っていなかった。チラシを渡し「好きなピザを一枚ずつ選んで」と言うと晶は飛びあがって達の部屋に入り、ものの数秒で照り焼きチキンとマルゲリータに決めてきた。

ピザを食べるのは、ゴールデンウイークに一人ファミリーレストランで食べた時以来だった。宅配されたピザはレストランの倍くらい具が載っていた。生地は分厚く、持ち上げても板のようにまっすぐ伸びている。あのてろんとした生地のことを、ほんの一瞬だけ思い出した。

達はピザを食べる前にベージュのセーターを脱いだ。わたしは何か話しかけようとしたけれど、「ワイシャツも着替えたら?」も「新しいセーター似合っていたね」も「ピザ美味しいね」も全部高校の話に繋がってしまいそうだったのでやめた。結局わたしはテレビをつけた。晶は「誕生日みたいだね」とにこにこして言った。おそらくピザもテレビも珍しいからだろう。実際に誰かの誕生日にピザをとったりテレビをつけてご飯を食べたりしたことはなかった。それでもわたしは「そうだね」とピザを口に入れた。

ピザはあっという間になくなった。食べている間はテレビの音が中心で、晶が「照り焼きとマルゲリータ、混ぜて食べてもおいしいよ」と言ったほかは、ほとんど誰も話さなかった(晶には悪いが、照り焼きとマルゲリータを同時に食べることも控えた)。達はいつもと変わった様子はなく、ワイシャツが汚れていないかを時おり確認しながらピザを味わっていた。もちろん自分から学校を休んでいると告白することはなかった。

食後はなんでもないように熱いお茶を飲んだ。洗い物をしなくていいピザを選んだのは正解だった。わたしは達にどのように話を切り出すかを考えた。シリアスな感じになるのは避けたかったけれど、「隠していることを白状しなさい」と台詞めいた言葉を使うのも、「崎元先生から電話がありましたがなぜでしょう」とクイズを出すのも、どうやったってポップな方向にはならなかった。

二人きりで話をするのは、秋田以降ほとんどない。達が秋田や元夫の話をするかと数日間構えていたが、達の態度は行く前と変わらなかった。わたしが話しかけても、新幹線の時のような穏やかな時間は訪れず、たいてい「ああ」や「まあ」という平坦な返事で会話は終わっている。

晶がお風呂に入った。ここから数分間が勝負だ。呼吸が浅い。緊張しているのかもしれない。だけど躊躇している時間はなかった。大きく息を吸って、達の部屋に入る。

「おあ、びっくりした」

達は仰向けになって音楽を聴いていた。「ノックした？」と怪訝そうにわたしを見て起

き上がった。ＣＤプレイヤーを止める。わたしはノックをし忘れていたけどそこには触れずに、

「崎元先生からね、休んでることで電話があった」

シリアスになってしまおうが、とにかく早く本題に入ることが重要だった。

達は笑いだしそうに口を開けたけれど笑わなかった。もう一度仰向けになって、伸びをしてまた起き上がる。それから「は、はっ」と笑うように言った。だけど笑うように言うだけで真顔だった。「ごめんなさい」今度は笑うように右頬をあげた。全部が反対だった。

「べつに謝ることじゃないよ。いろいろ、聞いてもいい？」達と目線が合うように腰を下ろす。

達はわたしに身体を向けているけど目は合わない。わたしの背後にあるドアを見ているようだ。虚ろな目をしていて、このまま消えてどこかに行ってしまいそうだった。わたしは見失わないように強く達を見つめた。その間ずっと、再生ボタンを押されるのを待つＣＤプレイヤーだけがちりちりと鳴った。

「昼間は安全なとこにいたの？　その、四日間は」できるだけ優しく聞こえるようにゆっくりと言った。本当は抱きしめたかった。

「ああ、まあ」

わたしの声にはっとして、達は目に生気をもどす。

「どの辺？」

それには答えなかった。天井を見ている。公式は崩したはずなのに、嘘を考えているように見えてしまう。嘘つかなくても、わたしはあなたのずっとそばにいるのに。

リビングから、でたよー、と声がする。うちはなるべく追い焚き機能を使わないように、一人が出たらすぐ次の人がお風呂に入ることが決まりになっている。部屋に入ってから五分しかたっていなかった。晶はお風呂が嫌いなので入浴時間がとても短い。

「話せる時に、しようか」

わたしが立つと、達も立ちあがった。

「まあ、悪質な理由ではないよ。他人は関係していない」

何かを吹っ切ったように言って、机に向かった。くしゃくしゃになったワイシャツの背中はほんのり汗をかいていた。わたしは言い回しの真意が摑めなかったが、「そう」とだけ言ってドアを開けた。中間試験を受けるのか聞き忘れたと思って振り返ったが、いま追加で何か聞いたら信頼を失ってしまう気がしてやめた。

「お風呂、次入る？」代わりに聞く。

「いや、先いいよ」達は机に向かったまま言った。

達の言ったことがどこまで本当かわからなかった。一番怖いのは、いじめを受けていることだ。それを見透かすように達は否定したけれど、母親に話したくないプライドや恐怖もあるだろうし、鵜呑みにはできない。むしろ理由がそれ以外なら、話すのは何年先になっても構わなかった。

達が目の前からいなくなると、だんだん現実的な不安が煙になってわたしの周りを渦巻いた。中間試験を受けなくても進級できるの？　留年させてでも高校には通わせたほうがいいの？　高校中退で就けなくなる職業は何？

煙を追い払うように、自分の頬を軽く叩いてからお風呂に入った。

凌平のところに学校からの連絡はきていなかったらしく、わたしの話を聞くと若干怒りの感情をあらわにした。学校の対応に対してだ。わたしと同じように達がいじめられているのではないかと思ったらしい。凌平の怒りは声や表情にはでない。ただ、とにかく歩く。自分の感情が鎮まるまで考え込むようにして歩く。凌平は部屋の中を何周もした。わたしの目が回りそうだった。崎元先生が母音をかすれるように伸ばす癖があることも言おうとしたけれど、周回が増えてしまいそうだったのでやめた。

「それで、達はなんだって？」凌平はずいぶんしてから言った。

「まだあんまり聞いてない。本人も話したくないようだったから」

「そっか」

凌平はもう二周だけ部屋を回ると、わたしが腰かけているベッドの端にゆっくりと正座をした。背が高い凌平が端に座ると反省する子どものようだった。わたしがもっと中央に来たらと言ってもほとんど聞こえていないのか、拳一つ分だけ前に動いた。「本当にたとえばだけど」凌平はシーツを触りながら言うと前に進んだ分後ろに下がって、「本当にたとえばだけど、一度病院に連れていくのはどうだろう」今度はまっすぐわたしを見て言った。

何で？　とは聞かなくてもはっきりとしていた。それはわたしが頭の隅で思っては消していたことだった。今回の無断欠席に達の行動が関係しているのではないかということ。もしいじめられているのなら、原因はそれではないかということ。

凌平はシーツを握りしめてわたしを見ていた。「病院に行くとかじゃ、ないでしょ」口を開いたわたしは反射的にそう言っていた。直せるように何度も注意してきたのに、本当はお医者さんでもなんでもいいから頼って直したいのに。

「そうだね。いや、自立して僕たちと離れてからが、心配だったからつい」凌平は立ち上がり、提案を無かったことにするように座っていたところのシーツを伸ばした。言い争いが嫌いな凌平は、意見がぶつかると自分の考えを変えてしまう。穏やかなのは良い所だけど、いまそれをするのは無責任に感じた。

「ちょっと待って、行かないで」

わたしは凌平が座っていた場所に届くように、シーツを上に引っぱった。小さな丘ができる。指を離してもつまんだ跡が残った。凌平はその丘を潰さないように回りこみ、わたしの前にゆっくりとしゃがんだ。わたしより泣きそうな顔をしていた。

この顔をした凌平と一緒に、達を病院に連れて行くところを想像してみる。病気と言われたところでこれ以上達に何かを強いることは出来ないし、病気じゃないと言われても両親の自信のない表情に達は困惑するかもしれなかった。わたしたちがいま出来ることは達の味方でいることだ。周りが達を受け入れないなら、受け入れてくれる環境に身を移せばいい。それが出来るなら、病院には行かなくていい。

考えが固まると、身体が緩んできた。凌平はわたしの変化に気付いたのか、口元だけ笑う。瞳はまだ達の心配をしていた。凌平が無責任でないことはそれでじゅうぶん伝わった。

「靴下、脱いだの洗濯機に入れてね」凌平の頭をなでてからわたしは言った。凌平は達の話が終わったことに驚きつつ、「あ、ごめん」と床に置きっぱなしだった靴下を拾いにいった。部屋を出る前にわたしの方を振り返った。靴下をぎゅっと両手で丸めている。なんだかその姿がかわいくて、わたしは笑った。凌平も微笑んでそこから動こうとしない。わたしは頷きながら靴下を指さして、先に洗濯機に入れてくるよう促した。凌平もわたしを真似て、頷きながら部屋を出た。

わたしたちの心配をよそに、次の日達はあっさりと高校に行った。いつも通り三番目に家を出た達は、九時前に画像をわたしに送ってきた。教室の写真だった。なんて可愛らしいのだろう、と思う。だけどネットで拾ってきた写真の可能性もあるので、念のため写真を隅々まで見る。後ろ姿の男女が数人いたが、クラスメイトの話は聞いたこともなく判断つかなかった。壁に貼られているプリントも詳細はよく見えない。ただ教室の入り口に崎元先生の坊主頭が写っていた。ホームルームの後に撮ったのかもしれない。わたしは疑ったことを心の中で謝った。お詫びのつもりで、殺風景な自分のデスクの写真を撮って送った。

達はそのまま中間試験も受け、翌週も休まず登校した。しかし翌々週に入ると、開き直ったように休んだ。学校に行くふりもしなかった。休んだ初日に凌平から、「これから家を出ます、達は美術中」と隠し撮りのような写真が送られてきた。部屋には新聞紙が敷きつめられていて、真ん中で達が絵を描いていた。美術中と言われなければ、腹痛で蹲っていると思うほど小さく身体を丸めていた。

達が休むと分かってから、わたしも半休を使って少しでも長く家にいるように努めた。達はほとんど部屋の中にいたが、時おり「ちょっと」と言って出かけた。場所を聞くと毎回、「外の空気を吸う」と言うだけだった。不審に思って一度尾行したこともあった。だけど本当にただ海に向かって散歩をするだけだった。途中、何度も立ち止まって道端の草花やアスファルトのひび割れ、電信柱にある貼り紙を写真に撮った。いつ達が振り返るかドキドキしながら、三十分歩いたところでわたしは先に折り返した。散歩の方向は家から遠ざかるばかりで、戻る距離を考えるとそこが限界だった。達はわたしが帰宅してから二時間後に涼しい顔をして帰ってきた。

それから二、三日が経った。同じように行き先を聞いたわたしに、達ははっきりと、「美術館」と答えた。

ひょっとしたら尾行がばれたのかもしれないと不安になる。でもそれより正直に伝えてくれた嬉しさが勝った。

「わたしも行こうか?」

今日は晶も六時間目まである日だから、少し遅くなっても大丈夫だ。わたしはいま茹でているスパゲッティをさっさと食べて、久しぶりに二人で出かけるところを想像した。

「ううん、いい」達はその想像を打ち切るように、冷たく断った。麦茶をコップいっぱいに入れ、静かに飲み干す。

「一緒に行こうよ、わたしも観てみたいし」

わたしはレトルトのミートソースを、引き出しから取り出して言った。美術館は一番近くても電車に乗らなくてはいけない距離にあり、もっと大きなところになると乗り換えも必要だった。一人で行かせるのは少し心配だ。

「いや、平気」

「なんで、行こうよ」

「いい」

「一人で大丈夫なの」

「もう何回も一人で行ってる」

「えっ、そうなの？」

いつ？　とか、どこの美術館？　とか、お金は足りてる？　とか、わたしが矢継ぎ早に質問する前に達はひらりと家を出た。慌てて鍋の火を止めて追いかける。

「ちょっと、お昼は?」

玄関のドアを開けて言うと、達はバツを両手で作ってから、謝罪なのか荒っぽく二度お辞儀をして階段を降りていった。この時期夜は冷えるのに、それすら知らずに薄着で出ていく時点で心配だ。

本当に美術館なのだろうか、と一瞬疑念を抱く。だけど今まで曖昧に答えていたのだから、わざわざ嘘の行き先を言う理由もない。尾行してもよかったが、やめた。この状態はある意味チャンスでもあった。前々から、不登校の理由は達の部屋に隠されているのではないかと、うずうずしていたのだ。

わたしは家に入り、茹であがる前に火を止めた二人分のスパゲッティはそのままにして、達の部屋の前に立った。その場で何度か呼吸を繰り返す。どうにも落ち着かなくて、もう一度玄関に戻った。ドアを開けて左右を見渡し、手すりからマンションの下も見下ろす。達はいない。風が冷たい。やはりあれは薄着だった。きっと冷え切った身体で帰ってくるだろうから、夜は鍋にしよう。鶏肉と舞茸だけ、あとで買いに行こう。ドアを閉める。玄関にはわたしの、汚れが目立ってきた白いスニーカーだけがある。

いつもは晶が帰るまで開けっ放しにしている鍵を、音がしないようにして一つかけた。深く息を吸ってみたけれど、玄関特有の砂っぽいにおいが鼻に充満しただけで、部屋に入る勇気は湧いてこない。いくら達のためだと思っても、達が嫌がるかもしれないことだ。それでも何かヒントがあると思うと、どうしても入りたくなる。

一度キッチンに立って水を飲むことにした。それからぐでんぐでんになった麺を数本つまんで食べた。水っぽくて美味しくない。レトルトのミートソースを加熱する前でよかった。これではミートソースをかけても、麺の水っぽさが勝ってしまう。でもどうしてか、噛んでいるうちに決心がついた。ぐでんぐでんの麺でも、何かのきっかけにはなるということだ。

決心が消えてしまう前に、勢いで達の部屋に入った。またたく間に油と新聞紙の匂いに包まれる。床には絵が散らばっていて踏み場が限られていた。細い動線が、絵の隙間にあった。慎重に、一本橋を渡るように歩く。窓から淡い光が射しこみ、明かりをつけなくても絵はよく見えた。

壁側まで進むと、電信柱が描かれた絵が五枚並べてあった。奥にのびる道が同じようにカーブしているから、同じ場所にある電信柱のようだ。角度も同じだった。だけどそれぞれ空の色が違う。時間帯が違うようで、朝、昼、夕方、夜だと分かった。もう一枚は雨が降っている絵で、地面が濡れて電灯の光が反射しているのが綺麗だ。

壁に沿って視線を動かしていくと、隅に高校のブレザーが学校鞄の上に雑に畳まれてあった。畳んであるというか、つまんで二つに折ってある。わたしはリビングにいる時のように小言を言いながらそろそろと進み、ハンガーにかけてやった。かけたところで、内緒で侵入したことを思い出す。不服だったが仕方なくハンガーから抜いて、乱して置いてみる。だけど元あった様にはならなかった。やり直すことにしたが、雑に二つ折りにすることは意外にも技術が必要らしい。片手で畳んでみたり放るように置いてみたりを試していると、ポケットから手紙がでてきた。

書店のブックカバーでできた封筒は手作りのようだった。器用に開け口から破いてある。不動産のチラシがわずかに飛び出ていた。わたしは何の音もしない玄関のほうをみた。耳を澄ましても、聞こえるのは換気扇の音だけだった。

それから数分経ったか、もしくは一分も経っていなかった。誰もいないのに咳払いをしてみる。状況は何も変わらない。手のひらが熱くなっている。手の熱気で封筒が湿ってしまいそうだった。ズボンで手を拭いて、その勢いのままチラシを引っこ抜いた。前の特売チラシよりも重さと光沢がある。ような気がした。

とりあえず表の物件情報を眺めた。もちろん情報は何も入ってこない。周りを見回すと、電線にとまった小さな一羽の鳥が窓の外に見えた。全体がパンのように茶色く、わたしを見ている。目が合ったと思うと、鳥はぷいと横を向き身づくろいをはじめた。でもすぐに、もう一度わたしに顔を向けた。わたしが口を大きく開けると、一瞬固まってから忙しなくどこかに飛んでいった。電線がかすかに揺れ、ゆっくりとおさまっていった。わたしはそれと同じくらいゆっくり、チラシを裏返した。

チラシはほとんど余白だった。だけど真ん中に文章がある。わたしはその文章にうまく焦点を合わすことができない。残像だけが写った写真のようだ。一度目を閉じる。まぶたに射す光がまぶしい。

ゆっくり目を開けると、文章が浮かび上がってきた。

また何か必要なら手紙ください、春の写真は、見に来た時のほうがきれいです

ボールペンで書かれた細い字だった。文章はそれだけだった。光の角度を変えてもみたけれど、やはりそれだけだった。封筒にはまだ重さがある。ひっくり返しても何も出てこない。中を見ると封筒の内側に写真が引っかかっていた。写真は四枚あった。春夏秋冬の桜の写真だった。あの「化」の形が顕在している、桜の木の写真だった。春の桜の木は、たしかに満開の写真ではないように思えた。写真とチラシを封筒にしまう。消印は達が内緒で高校を休んだ、二日目の日付だった。

＊＊＊

誠さんの部屋だった壁の中央に、達の絵が額縁にいれて飾られている。

部屋は十数年前に出ていった時と変わらず陽当たりがよく、知らない家具は一つもなかった。義父が数独パズルを解いていた流木のようなアームの黒革ソファも、義母が洗濯物を広げていた万華鏡のようなカーペットもそのままだった。妙に金色をしている額縁だけが新しく、よく目立っている。

絵は送られた写真をもとにしたのか、まだ満開ではない桜の木が描かれていた。小学二年生で描いた時よりも枝は猛々しく、花びらは精巧で、本物の土を使っていないのに土はより土のようにみえた。この絵の世界では直前まで雨が降っていたようで、枝や花は水気を帯びており、全体的にベールを纏っているような印象になっている。わたしは時間があれば誠さんの部屋に入り、この絵を眺めた。花咲く季節から時間が経てばたつほど、絵に力が宿ってみえた。暖かい季節が恋しくなっているからかもしれない。

滞在し始めの時は、わたしも達も遠慮してこの部屋を使わなかったけれど、いまは読書したい時やぼうっとしたい時など、時間がある時は大抵ここで過ごした。部屋は陽当たりだけでなく風通しもよかった。暑い日はリビングと二度くらい体感温度が違った。「誠さんが使っていたから」云々以前に、この部屋はどの季節も過ごしやすかったのだ。

もう家にルールは一つも残っていなかった。それは義父が亡くなったタイミングなのか、もっと前だったのかは分からない。何にしても誠さんの部屋で飲食禁止のルールもなくなったので、夏の夜はここで達と一緒にアイスを食べた。そういう時、元夫は気を遣って部屋に入ってこなかった。だから元夫が達と二人でアイスを食べている時は、わたしも入らないことにした。それが唯一の新しいルールだった。

今日は達の誕生日だから仕事を休んだのに、美術の先生とやら(詳しくは教えてくれないのだ)と美術館に出掛けてしまった。だけど夜七時に帰ってくることは確信している。晶と凌平とテレビ電話を繋ぐ約束をしているからだ。いまだに達の分からない部分はたくさんあるけれど、達が大事にしているものや好きなものが、最近ははっきりと分かるようになった。その一つであるローストビーフだって、もう仕込んである。

「夏秋冬の桜はおれの部屋にある」元夫がわたしの隣に立ち、誇らしげに言った。

「何度も聞いたわ」

「ああ、そうかい」

元夫は真っ直ぐかかっている額縁を、より平行にするように触った。逆に少し左に傾いた。

「わたし、一旦帰ろうと思う。晶の受験も近いから」

「おう、いつ頃だ」

「明日」

「明日？　急だな、達もか？」元夫はわたしと絵を交互に見ながら言った。

「とりあえずわたしだけ。必要な荷物は宅配便で送ることにしたから」

「そ、そうか」

元夫はほっとしたのか「へあ」とおかしなため息をつくと、腕を組んでまたわたしの隣に立った。傾きが気になって仕方がないのだ。

「すぐ戻るけど、少しのあいだ、達のことよろしく」わたしは構わず言った。

「おう、おう」元夫は額縁を触った。今度は右に大きく傾いた。

「もっと左よ」

「ああ」

「あと少し……そこ」

額縁はやっと真っ直ぐになった。でも元夫は納得いっていないようで、また隣で腕を組んで唸っている。わたしはもう気に掛けるのはやめて、絵を見ながら明日の新幹線のことを考えた。大福を買って食べることにしよう。合わせてコーヒーも飲んでみよう。それだけ思いつくと考えることはなくなってしまった。達が帰ってくるまで、まだ二時間半もある。わたしはもう少し、この桜を見ることにした。

川上佐都（かわかみ・さと）
今作で第11回ポプラ社小説新人賞
特別賞を受賞しデビュー。

街に躍《は》ねる

2023年　2月13日　第1刷発行

著　者／　川上佐都
発行者／　千葉均
編　集／　稲熊ゆり　吉川健二郎
発行所／　株式会社ポプラ社
〒102-8519　東京都千代田区麹町4-2-6
一般書ホームページ　www.webasta.jp
組版・校閲／　株式会社鷗来堂
印刷・製本／　中央精版印刷株式会社

落丁・乱丁本はお取り替えいたします。
電話（0120-666-553）または、ホームページ（www.poplar.co.jp）のお問い合わせ一覧よりご連絡ください。
※電話の受付時間は月～金曜日、10時～17時です（祝日・休日は除く）。
読者の皆様からのお便りをお待ちしております。いただいたお便りは、著者にお渡しいたします。
本書のコピー、スキャン、デジタル化等の無断複製は著作権法上での例外を除き禁じられています。
本書を代行業者等の第三者に依頼してスキャンやデジタル化することは、
たとえ個人や家庭内での利用であっても著作権法上認められておりません。

© Sato Kawakami 2023 Printed in Japan
N.D.C.913/239P/20cm/ISBN978-4-591-17694-8

P8008415